Chara

俺がいないとダメでしょう?

キャラ文庫

この作品はフィクションです。
実在の人物・団体・事件などにはいっさい関係ありません。

目次

口絵・本文イラスト／榊　空也

有坂奎《ありさかけい》は夢を見ていた。

それは遠い日の記憶。夕暮れの空が茜色《あかねいろ》に染まり、なだらかな稜線《りょうせん》の影が浮かぶ。

山間《やまあい》に開けた田畑と点在する家並み。まっすぐに伸びた田舎《いなか》道。

背中でランドセルがゆれている。かたかた、ごとごと。

『けーちゃん、けーちゃん。待ってー』

『トーゴ、早よこい、おいてくぞ』

『やだ、いかんといて』

泣きそうな顔で追いかけてくる、ふたつ下の幼なじみ、前沢登吾《まえさわとうご》。

学校帰りに公園で遊びすぎてしまった。急がないと大好きなテレビに間に合わない。

『わー、もう、ドラレンジャーはじまってまう～』

『待って、けーちゃん』

農道を走っていると、どこからともなく花の香りが漂ってきた。頬《ほお》をなでる風はまだ冷たい。

『あ、菜の花！　ぎょうさん咲いてる』

あぜ道のわきに菜の花が群生している。足を止めると、背中に登吾がぶつかった。

『痛いよ、トーゴ』

『ごめん』

『ほら、あっこに桜も。きれい』

農業用水の水路沿いでは桜が満開だった。陽が傾いた今では、ひっそりとして寂しげだが、昼間だと黄色と桜色のコントラストがさぞ鮮やかだろう。

『おれ、桜大好き』

『トーゴも』

『いくぞ』

同時に駆けだす。しばらくするとやっぱり登吾は遅れて、奎の名前を何度も呼んだ。

登吾は小学校一年のときに、家庭の事情でとなり町から引っ越してきた。人見知りで友達もできなくて、近所の悪ガキにいじめられて泣いていたのを奎が助けた。

それから登吾は奎につきまとい、用もないのに休み時間には教室をのぞきにきた。明るく活発な奎はクラスのリーダー格で、学年が下の登吾をかまってやる時間も少なかった。

けれど家が近かったので、登吾は毎朝のように『けーちゃん、ガッコいこー』と誘いにきて、いつの間にか一緒に登下校するのがお決まりになった。

学校が終わってからも、『けーちゃん、あーそぼ』と、毎日のように訪ねてくる。

『今日はあかんて、マンガ読んでるから』

『……』

たちまち笑顔が消えた。門扉の前で立ち尽くしている登吾に、じゃっと片手を上げる。登吾は消え入りそうな声で、わかったとつぶやくと、うなだれて帰っていった。

とぼとぼと歩いていく小さな背中。見るからにかわいそうで、子供ながらに胸が痛んだ。

『トーゴ！　読み終わるまで、部屋で待っとる？』

『待っとる！』

思わず呼び止めると、登吾は慌てて振り返り、ぱっと顔を輝かせた。

奎がベッドによりかかってページをめくっていると、登吾が肩をすり寄せてきた。

『ねえ、そのマンガ、おもっしえ？』

『めちゃおもっしえ』

『どこが？』

本に集中していた奎はいやいや頭を起こした。登吾は期待に満ちた顔で待ちかまえている。

『あんな、ガオってのが、翼のある敵と戦うんやざ。でもそいつほんまは兄弟で——』

はじめは面倒くさかったのに、物語を話しているうちに、自然と気持ちが入り込んだ。主人公になりきって、一番お気に入りのシーンを、身ぶり手ぶりをつけて説明する。

ひとり芝居を続ける奎に、登吾は心を奪われたかのように目が釘《くぎ》づけになっていた。

『なっ、おもっしえやろ！』

『けーちゃん、すごい上手やね。ホンモノみたいだった！』

興奮した登吾は大きな瞳をきらきらさせている。

なにがホンモノなのかよくわからないけれど、気分がよかった。マンガはまだ途中だったものの、登吾がとても喜んでくれるので、奎は調子にのってそのあともキャラになりきった。もしかしたらご機嫌とりだったのかもしれない。それでも奎は、登吾が手を叩《たた》いて笑ってくれるだけで嬉《うれ》しかった。登吾の笑顔が見たくて、いくらでもいろんなキャラを演じた。

奎にとってはじめての観客、それは登吾だった。


「――い、……ちゃん」

誰かが呼んでいる。ふと額に冷たいものがふれる感じがして、奎は浅い眠りから目覚めた。

長身の男が見下ろしている。登吾だ。眉間《みけん》にしわを寄せた仏頂面。

「風邪ひきますよ」

「あ～、うん、お疲れ。もう夕方？」

知らないうちに、こたつでうたた寝をしてしまった。

「外、雪が散らついてました。今日は冷え込むんじゃないですか」

「嘘《うそ》、マジで」

今年は暖冬だといわれていたが、二月も半ばをすぎて東京《とうきょう》でも初雪になったようだ。

登吾は手さげ袋を両手に持って台所へと向かう。片方の袋からは長ネギが飛び出している。

中途半端に重だるい体を起こして、奎はこたつの中に両手を突っ込んだ。

「今、夢見てたわ」

「どんな？」

「子供のころの。田舎でおまえと遊んでたよ」

「なつかしいですね」

流し台の前に立った登吾は、袋から食材を取り出して冷蔵庫にしまっていく。少し前屈《かが》みになった広い背中に、幼い『トーゴ』の面影はまったく残っていない。

中学では背伸びしても奎に届かなかったのに、高校に入った途端、つくしのようにぐんぐん伸びて、すでに百八十を超えている。奎より六センチも高い。

奎は幼少のころから、黙ってても人目をひくところがあり、すらりとした細身の体つきで、いつも口元に笑みが浮かんでいるような、やわらかい印象を与える、今どきの若者だ。服装も適度にやや癖のある茶髪と整えた眉があいまって、甘いルックスを際立たせている。

流行《はや》りを取り入れていて、くだけた性格から周囲にはいつも人が集まっていた。

いっぽう気弱で、ちょっとしたことで涙ぐみ、お菓子を半分こにすると笑顔になった登吾。

それが今ではすっかり凛々《りり》しくなり、自然のままの黒髪に端正な顔立ちは、奎とはタイプは違うものの、かなり女性受けする正統派な男前だ。けれどファッションに無頓着なのと、しかめっ面で人を拒むオーラをかもし出しているせいか、近寄りがたい雰囲気がある。

子供のころは素直に感情を顔に出していた。それがいつからか表情が乏《とぼ》しくなり、妙な落ち着きまで出てきて、今では眉ひとつ動かさず「風邪ひきますよ」ときたもんだ。

夢の中で自分を追いかけてきた、あどけない少年を思い返すと、詐欺だと言いたくなる。

「なあ、今日の晩飯なに？」

後ろに立って袋の中をのぞき込むと、登吾はちらりと視線をよこした。

「ベーコンとブロッコリーとトマトのチーズ焼きです」

「へえ〜、うまそうじゃん」

「ブロッコリー、おばさんが送ってくれたんで」

「ああ、いつものな」

冷蔵庫の蓋《ふた》を閉じると、登吾は流しでブロッコリーを洗った。茎が太くて立派だ。

奎の母は地元でとれた旬の野菜や果物を、わざわざ宅配便で送ってくる。親の愛情がつまっているからか、それとも登吾の料理の腕がいいからか、やっぱりひと味違う。

「しばらく電話してないんですよね。おばさん、奎ちゃんのこと心配してましたよ」

言い終えてからまずいと思ったのか、手が止まった。

「あのなぁ、だからいつも言ってるだろ。その呼び方やめろって」

「……すみません。つい、癖なんで」

「そうかもしんないけど、いい歳《とし》した男が名前にちゃんづけなんてキモいんだよ。つか、自分で言ってて恥ずかしくねえ?」

「べつに」

「おまえは平気でも、俺がいやなの。もうお互い子供じゃないんだから、ちゃんとしろ」

「わかってます」

「ほんとかよ」

悪びれる様子もない「わかってます」に、呆《あき》れつつも部屋に戻った。

高校のころ、登吾は奎を『有坂先輩』と呼んでいた。奎がそう言えと命じたのだ。今は『有坂さん』だ。いくら旧知の仲でも、男として先輩として威厳を保ちたかった。

登吾とは小・中・高と同じ学校だ。高校を卒業した春、奎は上京して独り暮らしをはじめたが、登吾もまた奎を追いかけるように東京に出てきて、すぐ近くにアパートを借りた。

それから三年、ほぼ毎日のように、互いの部屋をいったりきたりしている。

互いに合鍵を持っているので出入りは自由だが、登吾から奎の部屋にくるのがほとんどだ。

奎の部屋に生活家電がそろっているので、食事を作りにきて一緒に食べたり、洗濯をしにきたり。勝手知ったる他人の家ではないが、今では通いの家政夫もどきになっている。

幼なじみから先輩後輩の関係を経て、二十三歳になった今では腐れ縁とでもいうべきか。

「登吾、母さん、俺のことなんか言ってた?」

トントントンと包丁の音が小気味よい。登吾は作業を続けながら答える。

「電話にも出ない、チョコレートのお礼も言ってくれないって、なげいてました」

「それは、まあ……」

バレンタインに合わせて、奎と登吾にチョコレートを送ってくれたのだ。母親にチョコレートをもらって、喜ぶ歳でもないのにと恥ずかしかった。でも、登吾は嬉しそうだった。

「正月に帰省しなかったの、そうとうショックだったみたいですよ」

「わかったよ、今度メールか電話しとく」

奎の母はいつも登吾宛《あて》に、ふたりぶんの生活品を送ってくる。それは、奎に援助するなと父に止められているからだ。登吾が相手なら、世話になってるからと言いわけが立つ。

ワンマンで厳格な父とは、高校の進学の際に大げんかをした。父は奎が役者を目指していることに反対で、今では勘当同然となり、しばらく実家にも帰っていない。

奎はアルバイトをしながら都内で劇団員を続けていて、登吾も同じ劇団の裏方スタッフだ。芝居に訛《なま》りが影響しないようにと、普段からふたりの会話は関東言葉だが、ごくたまに気がゆるんだときなどは、ぽろっと方言が出てしまうときもある。

「それよりも、腹が減ってるから早くしてな」

登吾は振り返って怪訝《けげん》な顔をした。

「――また、お昼食べなかったんですか」

「今日は品出しが多くてさ、ばたばたしてたんだよ」

昼間はコンビニのバイトで、作業が時間内で終わらず休憩がとれなかったのだ。

「それ以上やせたら、骨折れますよ」

「残念ながら、折れませーん」

ふんと鼻息を荒くすると、登吾はやれやれといった感じで頭を振った。

「さてと」

床の上で開きっぱなしになった冊子を取り上げる。次の舞台の台本だ。ざっと目を通しているうちに眠ってしまったのは、役になりきろうとこたつに潜っていたせいもある。

「よし、やるか」

その場で立ち上がる。台本を片手に持って姿勢を正した。あー、あー、あー、と何度か声を張って喉《のど》の調子を整えると、肺の奥まで深く息を吸って、ゆっくりと吐き出した。

目を閉じて開ける。パチリ。その瞬間、手元から台本が消えていた。

「――ん?」

気がついたら目の前に登吾が立っていて、憮然《ぶぜん》たる面持ちで台本を取り上げていた。

「あっ、おまえ、なにすんだよ!」

「腹減ってるんですよね? すぐできるんで、食べてからにしてください」

「なんだよ~、ちょうどいい感じに、役に入れそうだったのに」

「だから、ですよ。集中するといつも長いじゃないですか。俺がなにを言っても聞こえないし、冷めて固まったまずいチーズ焼きを食べたいんですか？」

そう言われるとたしかにそのとおりで、なにも言い返せない。一度、役のスイッチが入ってしまうと周囲が見えなくなるのだ。稽古《けいこ》中の奎は『奎』でなくなってしまう。

「わかったよ。おとなしく待ってりゃいいんだろ」

不承不承の奎に、登吾は「お願いします」と、うなずきながら台本を返した。

床に寝転がった奎は、未練がましく台本をぱらぱらとめくった。

早くセリフを言いたくて仕方がない様子の奎を、登吾はオーブントースターに耐熱皿を並べながら盗み見ている。その口元にはおだやかな笑みがにじんでいた。

チーズの焦げたいい香りが漂ってきて、奎は食欲をそそられて身を起こした。

「できました」

「おっ、超うまそ〜！」

目の前に置かれた熱々の皿は、焼き色のついたチーズがとろけて、くつくつと波打っている。ほかほかの炊きたてご飯や、豆腐のみそ汁からも白い湯気が立ちのぼる。

登吾は駅前通りの焼き鳥店で週五日バイトをしている。厨房《ちゅうぼう》で調理を担当するようになってから、料理の腕にさらに磨きがかかり、今ではプロ級といってもいい。

正面に登吾が座るのを待ってから、いただきますと一緒に手を合わせて箸《はし》を持つ。

「け――有坂さんの次の役、どんなのですか」

「そっか、まだ知らないんだっけ。『こたつ侍』――って、あちっ、ベーコン激うまっ！」

かりっと焼けたベーコンは塩加減と脂が絶妙で、濃厚なチーズのうま味を引き出している。

「――えっ、こたつ？　こたつがなんですか」

目をぱちくりさせている。

「だから、『こたつ侍』だよ。これこれ」

台本を持ち上げて表紙を見せる。演目のタイトルは『Ｔｈｅこたつ☆侍』。

「拾ったこたつから、お侍が出てくんの。ありえないよな～」

「……意味がわかりません」

猫舌の登吾は、皿の中の具材を慎重に混ぜ合わせながら、首をかしげる。

「お――ほぉれも、あ、熱っ、熱……」

大きめのブロッコリーをチーズにからめて頬張ると、口の中が大変なことになった。

「火傷《やけど》しないでくださいよ」

グラスの水でなんとか落ち着かせて、皿にふうふうと息をかけて熱をとる。

「たぶん、こたつの妖精みたいなもん？」

「それ、やばくないすか」

「失礼だなー。うちの劇団は、ぶっ飛んでるところがウケてんの！　お客さんだって、はちゃめちゃコメディを期待してんだから。無難にまとまってもつまんないだろ」

「……そんなもんですか」

「まあ、あまり詳しく説明しちゃうと、ネタばれになっちゃうしさ。おまえ、立ち稽古まではスジ知りたくないって言ってたじゃん」

「ええ、できれば」

「正直言って、俺もさ、まだ完全に『こたつ侍』にはなりきれてない。超難しい役だよ。でも、難しいほど、やりがいあるしさ。こたつの気持ちを絶対につかんでみせるね！」

ピースサインで胸を張ると、登吾はふっと口角をゆるめた。

「有坂さんなら、『こたつ侍』だろうが、『ふとん王子』だろうが、大丈夫ですよ」

「お、上手《うま》いね」

「そういえば小学校のとき、電柱役の特訓で道路の隅っこに立ってたら、犬におしっこ――」

「ちょっと、そんな昔の話するなって！」

思わず箸を置いて身を乗り出した。黒歴史だ。ああ、これだから、幼なじみはいやだ。

「どちらにしろ、ステージで一番輝いているのは、奎ちゃんですよ」

「……」

登吾は食べごろになったチーズ焼きを、ぱくぱくと口に運ぶ。本人に自覚があるのかないのか、照れもなくこういうことをさらっと言えるのも幼なじみならではだ。

「まっ、とーぜんだね」

奎は自信満々にうなずいて、なつかしい味のするみそ汁をすすった。


『闇鍋《やみなべ》サンダース』略して『闇サン』。それが、奎が所属する劇団だ。

いわゆる、「小劇団」と呼ばれるような、少人数の演劇集団だけれど、奎はこの「小劇団」という響きが好きではない。劇団に小さいも大きいもない。劇団は劇団だ。

主宰である溝口《みぞぐち》が八年前に旗揚げ公演を打ち、脚本と演出の両方を手がけている。メンバーの入れ替わりはあったものの、キャストやスタッフを含めると団員は十数名ほど。都内の演劇の街を活動拠点に、春と秋の年に二回、小劇場で上演している。

誰もが知る、商業演劇を代表する劇団などと違い、たいていの小劇場劇団はローカルでマイナーで、赤字覚悟のところも多い。客席が七割埋まれば御の字だ。

『闇サン』もまた然《しか》り。役者のギャラなどあってないようなものなので、奎はアルバイトのかけ持ちで日々の生計を立てている。はっきり言って生活に余裕はない。

それでも、奎にとっては毎日が充実していた。大好きな舞台に立って芝居ができるのなら、いくら貧乏でも苦にならない。いつかは大劇場で主役をはれるプロの役者になるのが夢だ。

「有坂くん、今夜どうする？　マサいく？」

タオルで額の汗を拭《ふ》いていたら、溝口が近づいて尋ねてきた。いつもの酒の誘いだ。

「いいっすね。今日は夜勤ないから大丈夫です」

舞台稽古のあとは、仲間と飲み屋に流れるのがお決まりのパターンだ。

『闇サン』は劇団専用の稽古場を持っていないので、主にレンタルスタジオなどを利用している。稽古は通常、週二、三回程度だが、通し稽古に入るとさらに増える。今日は夕方から稽古場に団員たちが集まり、基礎練習からはじめて、台本の読み合わせをおこなった。

「みんな、どう？　いける？」

溝口がスタジオ内を見回して声をかけると、帰り支度をしていた仲間たちから、「もちろん」「あ〜、俺バイト」「いくいく」「飲むぞー！」などと、威勢のいい返事がする。

「なんだ、関《せき》さん仕事かー」

奎の背後でTシャツを着替えていた男は、申し訳なさそうに顔の前で片手を立てた。

「すまん。来月の家賃が厳しいんで、急きょバイト増やしたんだ」

溝口の大学の元先輩で、『闇サン』の旗揚げメンバーである関は、団員の中では最年長。三十半ばで定職に就かず、ガテン系の仕事ばかりやっている。舞台を優先すると、どうしても会社勤めが難しくなるので、劇団員たちはだいたいフリーターか大学生だ。

いきつけの焼き鳥店『マサ坊』に集まったのは、宴会好きが数名と入団したての女子がひとり。酒が飲めない者もいるので、飲み会のメンバーはほぼ同じ顔ぶれになる。

全員がそろうのは、千秋楽あとの打ち上げぐらいだが、団員たちの仲はとてもいい。代表である溝口の温厚で真面目な性格が、劇団のカラーを作っているようなものだ。

「こんばんは。マサさん、きたよー」

溝口がこぢんまりした店構えの暖簾《のれん》をくぐると、奎も「ちわーす」とあとに続いた。頭にタオルを巻いた恰幅《かっぷく》のいい男が、カウンター前の厨房から「おう」とひと声あげる。

店主のマサだ。夫婦ふたりとアルバイトでこの店を切り盛りしている。常連客に長くひいきされている個人経営の店で、この近くに住んでいる溝口と奎も、マサとは顔なじみだ。

もともと溝口が大学時代から通っていた店で、マサも芝居が好きで意気投合した。『闇サン』の舞台公演には毎回足を運び、忌憚《きたん》のない意見をくれる、江戸っ子気質《かたぎ》のオヤジだ。

「ぷっはー！　あぁ、稽古のあとのビールは最高！」

みんなで乾杯したあと、奎は生ビールを喉に流し込む。たいてい奎と溝口と関がカウンター席に横並びになり、ほかのメンバーは後ろのテーブルを占領する。

厨房の奥で奎に背中を向けて、黙々と作業を続けていた男に注文を出す。

「登吾、串盛り合わせな。皮も入れて。あと、ポテサラと肉豆腐」

「はい」

手早く具材を取り出しながら、返事はするものの愛想はない。いつものことだ。

登吾が『マサ坊』で働きだしてもうすぐ三年。頭にタオル、前垂れ姿も板についている。

アパートから近く、奎のいきつけの飲み屋で、なにかと都合がいいのではじめたのだが、今では厨房の作業を全部任されるほど、マサにも料理の腕を見込まれていた。

炭焼き台の上に丁寧に串を何本ものせながら、登吾はちらりとカウンターに目を向ける。

「――そういや今度の芝居、どんなのやるんだ」

カウンターの一番端に陣取ったマサは、女将《おかみ》がいないのをいいことに早々に飲んでいる。

「あー、それはまだ言えないんですよ」

「もったいぶってんじゃねえ。どうせまた、変ちくりんなんだろう」

「そう、当たってる！」

「……有坂くん」

溝口がもの言いたげに肩を叩いてきて、奎は「ほめ言葉です」と笑顔で瓶《びん》ビールを傾けた。

「それにしても、あり坊はいつも三枚目役ばっかだな」

「色男が色男やっても、おもしろくないっしょ」

きめきめのウィンクをひとつすると、気まずい沈黙がカウンターに漂った。

「登吾くーん、だし巻きたまご、ひとつ追加ね」

絶妙なタイミングで溝口が軽やかに言う。背中を向けていた登吾は「うす」と受け答える。

「あ、悲しい。みんなスルーした」

「泣くな。あれだ、おめえはたしかに顔はいい。チャラ顔だけどな」

「ひどいよ！」

素早くマサに突っ込みを入れたものの、厨房の片隅に立つ男の肩が小刻みにゆれている。

「とーごー、笑ってんじゃねえ」

登吾は慌てて手を動かすと、うちわで炭を扇《あお》いだ。普段はぶっきらぼうなほど仕事に集中しているのだけれど、奎たち仲間がくるとときどき話が気になって作業が止まる。

「もし僕が、有坂くんのイメージに合わせて、イケメンを当て書きしたとしても、きっと本人は満足いかないんじゃないかな。女性ファンは喜ぶだろうけど」

「さっすが、溝口さん。よくわかってる～」

奎は自慢ではないが、学生時代はかなりモテた。ただ、言いよってくる女子のほとんどが、奎の容姿が目当てだった。おしゃれで、しゃべりも上手で、あか抜けて見えたのだろう。

でもそれは、役者を意識するようになってから、好きな俳優の髪型や大好きな芸人のトークをまねをしていただけで、べつに女子にモテたくてやっていたわけではない。

告白されればつき合ったけれど、どの子ともあまり長続きはしなかった。奎としては彼女を大切にしていたつもりだし、楽しませようと努力もした。ただ、高校で演劇部に入ってからはなによりも部活優先になったので、彼女とデートする時間も少なくなった。

それが、女の子たちは不満だったようだ。「私のことほんまに好きやの？」「ほかにつき合ってる子がいるんね？」、しまいには「意外とフツーなんね」とふられることが増えた。

そのたびに奎はショックだったが、理解ある男を演じつつも、内心では「そっちからコクってきたくせに、なんで俺がふられるんや！」と、やさぐれた気持ちでいっぱいだった。

そういったいやな過去もあり、他人からはうらやましく思えるらしい容姿が、あまり好きではなかった。外見よりも中味で勝負したいからこそ、三枚目や汚れ役にひかれるのだ。

「そうだ、溝口さん。俺、ちょっと、相談があるんですけど」

どうでもいい話で盛り上がってる最中に、一転して奎が真面目な顔を向けると、

「うん、いいよ。なに？」

溝口は表情を引き締めると、姿勢を正して聞く態勢をとった。

「じつは来月、ユニット『@《アット》』のオーディションを受けるつもりなんです」

「ああ、なるほど、それはいいね！」

思ったとおり溝口は笑顔になると、手放しで賛成してくれた。

演劇ユニットは、主宰者と核になるメンバーはいるものの、劇団という形をとらず、各公演ごとにスタッフ・キャストを集めている組織だ。団員が固定しがちな劇団にくらべて、作品に応じてふさわしい役者を集められる利点がある。

なかでも『@』は主宰が著名な演出家で、主となるメンバーもプロの俳優ばかり。公演のたびに高い舞台成果を上げており、オーディションで選ばれた新人の活躍もめざましい。

「公演は夏なんで、受かってもうちとは被《かぶ》らないから――」

「いや、そこは被っても、『@』を優先すべきだよ」

溝口は驚いたような、困った顔で忠告する。

奎は今までいろんな演劇ユニットや、大手劇団の企画キャストオーディションなどを気にかけてはいたが、『闇サン』の舞台稽古や公演と重なるものは避けていた。

「チャンスはものにしないと。有坂くんは力のある役者なんだから」

奎にとっては重みのある言葉だった。溝口が身内びいきの買い被りだとしても嬉しかった。けど、俺は――。

奎は無言でカウンターテーブルを見つめる。

「俺は『闇サン』のメンバーだし、『闇サン』が大好きなんです。だから、一番大事な自分ところの舞台を抜けてまでして、よその舞台には立ちたくないです」

「有坂くんらしいね」

溝口は嬉しそうに目尻にしわを刻むと、ぬるくなったグラスビールを飲み干した。

「ちょっとちょっと！　なんなんすかぁ、神妙な顔して。もっと楽しんで飲みましょうよ！」

突如、背後からさわがしい声が乱入してきた。後輩団員の滝本《たきもと》だ。奎と溝口の背中を抱えるようにしながら、強引にあいだに割り込み、ろれつが回らないままぼやきだす。

「も～、今日は関さんいないから、アダルトトークができなくてつまんないっすよ～」

「タッキー、はっきり言いすぎ。菜津美《なつみ》ちゃんが引いてんじゃんよ」

後ろのテーブル席で控えめに飲んでいた、新人団員の菜津美は顔を赤らめている。菜津美は入ったばかりなので、まだ『闇サン』の飲み会テンションに慣れていないのだ。

滝本は普段は常識のあるメガネ男子なのだが、酔うとたがが外れるのか人柄が変わってしまう。そういう団員は滝本にかぎらず、『闇サン』では少なくはないのだけれど。

「だってえ、ひどいんですよ〜。こないだ彼女とラブホにいったら」

「わかったわかった。俺が話をきいてやるからさ」

「――面倒くさいっすね」

カウンターの奥でぼそっと男の声が響く。滝本には聞こえていないが、奎には聞き取れた。登吾だ。こいつ、はっきり言うなあ、と胸の内で奎は苦笑した。

正直なところ、奎もときどきそう思う。けれど、どこか憎めないのだ。

すっかりでき上がった滝本をとなりに座らせて、彼女に小物扱いされた話を涙ながらに繰り返し聞かされながら、十二時の閉店まぎわには、奎まで酔い潰《つぶ》れそうになっていた。

「じゃあ、僕は滝本くんを連れて帰るから。ふたりも帰り気をつけてね」

溝口に抱きかかえられた滝本は、軟体動物のように体をぐにゃぐにゃさせている。

「はーい、大丈夫でっす。団長も道中お気をつけて！」

酔って上機嫌の奎は、びしっと敬礼ポーズをとるが、体は前後にゆれていた。その背後で、つっかえ棒のように腕で支えているのが、ひとりだけシラフの登吾だ。

奎が『マサ坊』で飲んだ夜は、アパートまで送り届けるのが、登吾の仕事にもなっている。

「登吾くん、いつも悪いね……。よろしく頼むよ」

溝口が恐縮した態度で店を出ると、「いえ、こっちこそすみません」と、頭を下げた。

外は真っ暗で、にぎやかな駅前とくらべると人通りも少ない。横丁の狭い通りなので、街灯と飲み屋の看板が道先案内するように、ぽつぽつと灯《とも》っているだけだ。

「うぅ……さみーい」

おぼつかない足取りで歩きながら、フリースのパーカーを首もとに引き寄せる。

ふたりのアパートはこのさきしばらく歩いた住宅街にある。登吾は奎と同じアパートの部屋を借りたかったようだが、家賃が破格だということもあり、空きがなかったのだ。

「遅くなるのわかってて、どうしてそんな薄着なんですか」

シャツにパーカーを重ねただけの奎に、登吾は呆《あき》れた顔をしながらも歩調を合わせた。

「知ってんだろ。厚着すんの好きじゃないの。もうすぐ三月だし、春だろ」

「まだでしょ。気が早いですよ」

「なんだよ、とーごのくせに偉っそぉ～。そう思うんなら、それ、貸せって！」

暖かそうなダウンジャケットを奪い取ろうとしたら、足がもつれて転びそうになった。

「ほら、あぶないですよ」

すんでのところで体を支えられる。腰に腕が回ってきて、そのまま連行されるように歩く。

「もう～、離せって。酔っぱらいみたいで、かっこ悪いだろ」

「酔っぱらいです」

「酔っぱらいじゃない！」

毎回、登吾に手助けされてなんとか帰宅しているのに、大きな口を叩いても今さらだ。

自覚はないが、酔った奎はやや甘えたがりだ。

「おまえさぁ、ほんっと生意気。昔のとーごはもっと素直だったぞ！」

肩をくっつけたまま登吾は足を止めた。切れ長の涼しげな目で見つめてくる。

「どこらへんがですか」

「俺がさ、ヘソのごま取ったら、頭がよくなるって教えたら、ずっとほじってたよな」

「……ほじってましたね。おかげでいつも腹ピーでした」

「ばかなのかよ」

思わず吹き出した。調子が上がってきた奎は、登吾の肩に腕をかけて引き寄せる。

「そうそう。おまえはなんでも俺の言うこと信じちゃってさ。言いなりで、かわいかったよ」

「今でもそうだと思いますけど」

「いーや、ぜんっぜんっ、かわいくないね！」

「そっちじゃなくて――」

奎がくだを巻いていると、ふっ、と息がもれる気配を感じて顔を真横に向けた。

「おまえ今、笑った？　笑ったよなあ！」

「笑ってません」

眉をつり上げ、凛《りん》とした表情を作っている。でも、口角はひくついている。

「嘘つけ。笑ってんじゃん！」

いつものくだらないやり取りをしながら、しばらく歩くと奎のアパートに着いた。

「はー、やっと着いた〜。登吾、水」

自室のベッドで大の字に寝転がり、王様気どりで指図する。

「服、着替えてくださいよ」

「着替えるよ。おまえは俺のかーちゃんかっての。てか、脱がせて」

酔っぱらった奎に手がかかるのはわかりきったことなので、登吾は文句ひとつ言わずに手伝った。脱がせたシャツやパーカーは、きちんとハンガーにかける。

そのあいだに奎はジーンズを脱いで、ベッドの上で丸まったスウェットの上下に着替えた。外出着はそれなりにこだわるけれど、家では毛玉がついていようが気にしない。

「水、どうぞ」

冷たい水の入ったコップを差し出され、「サンキュー」と受け取る。

「あ、そうだ。アイスの買い置きまだあったっけ？」

「こないだ、最後の食べてましたよ」

「わー、そっか。途中のコンビニで買ってくればよかった。おまえ、知ってたなら言えよ」

「ああ、すみません。忘れてました」

「買ってきて」

「……」

奎の顔を見下ろすものの無言。それが、抗議の沈黙でないことを奎は知っている。

「いいですけど、寝ないですよね」

「絶対、寝ない！」

「そう言って、俺が買って帰ったら、いつも爆睡してるじゃないっすか」

「だから、今日は寝ない。アイス食べたいから」

かっと目を見開く。酒を飲んだ夜は、なぜか甘くて冷たいものがほしくなるのだ。

「……わかりました」

重圧に負けた登吾は出かけようとしながらも、脱ぎ散らかしてぐしゃぐしゃになったジーンズをきれいに片づけたのち、こたつに置いた奎の携帯電話を手にした。

「明日のバイト、入り時間何時ですか」

「えーと、早番だから、七時。うわー、朝、起きれっかな」

「忘れないうちに、アラームセットしておきますね」

「さすが登吾、気がきく～」

他人にスマホをさわられるのはいやだけれど、登吾なら問題ない。とはいっても確認するのはアラームやバッテリー残量ぐらいで、それ以外の余計なことはいっさいしない。

「では、いってきます」

「ほーい、お願いしま～す。気をつけてな」

片手をひらひらと振って、そのままベッドに倒れ込んだ。天井が軽く回って見える。

ひとりになると、急に静けさと寒さが襲ってきて、ふとんの中に潜り込んだ。

――風邪ひかないでくださいよ。看病するのは、俺なんだから。

いもしない男の声が、強引に脳裏に割り込んでくる。何度も聞き飽きた小言だ。

登吾が奎に逆らうことはまずないが、奎の体調を気にかけて忠告することは多い。心配してくれているのかもしれないけれど、厄介ごとを背負いたくないだけだろう。

幼少のころから登吾は奎の使い走りで、その主従関係は中学、高校、成人した今でも変わることなく続いている。登吾に世話をやかれていると、奎はとても安心した気分になる。

いくら我がままを言おうとも、登吾は必ず聞き入れてくれるからだ。

奎の好みに合わせて料理を作り、アイスだってどんなに遅い時間でも買いにいってくれる。

私生活でずぼらな面がある奎を見るに見かねて、部屋の掃除や洗濯までしてくれるのだ。

これほど便利で、都合のいい後輩はほかにはいない。今となっては奎の日常において、登吾がそばにいるのは当然で、それはたぶんこれからも続いていくのだろうと思っている。

（――ずっと、このままだといいな……）

登吾が帰ってくるのを待っているあいだ、奎は案の定、現実と夢の狭間《はざま》でまどろんでいた。

体が重く沈んでいく。時間をさかのぼって、落ちていく感覚に意識を手放す。

すとんと、夢の世界に入った。

夢の中でも奎は、幼い登吾に買い物を頼んでいた。

『トーゴ、アイスこおてきてー』

『うん、わかった』

登吾が買ってきたのは苺《いちご》のミルクアイスバーひとつ。奎のおこずかいでふたつは買えない。

『トーゴ、ありがとな！』

よしよしと頭をなでてやると、登吾は照れくさそうにして顔を伏せた。嬉しそうだ。

『じゃあ、半分こにしようっせ』

『ええの？』

『ええよ。ふたりで食べるから、美味《おい》しいんやざ』

登吾は途端に笑顔になる。大きな目をきらきらさせて『うん』とうなずいた。

『トーゴ、さきに食べな』

『え、でも……』

『こーてきてくれたで、ごほうびやって』

アイスを差し出すと、登吾は遠慮ぎみに角にかじりついた。シャクリと固そうな音がする。

『けーちゃん、甘くて美味しいね！』

『よかった。もっと食べな』

『うん』

今度は大きな口を開ける。自分の言うことにはなんでも従う。そんな登吾がかわいかった。

登吾が笑顔で喜ぶ姿を見ると、奎は子供ながらに幸せな気分になるのだ。

アイスを食べさせていると、ふいに遠くの空から男の声がした。

「――い、ちゃん。やっぱり寝てる」

奎は赤く染まった夕暮れの空を見上げた。

誰だろう、この声は――。

男の人だ。知ってるような気もするけれど、登吾の声はこんなに低くない。

『次はけーちゃんの番やで。トーゴが食べさせたげるね』

歯形の残ったミルクアイスを、顔の前に突きつける。奎はなんだか恥ずかしくて、『いやや、自分で食べる』とすねた顔でそっぽを向いた。それでも登吾は無理やり近づけてくる。

「けーちゃん、アイスだよ」

唇に押しつけられたミルクアイスは、不思議とやわらかかった。

＊＊＊

ふたりが暮らす街は、ファッションや若者の街だといわれているが、おおむね住宅街だ。都心から私鉄で十数分ほどで交通の便はよいが、街そのものはそれほど大きくはない。駅前の商店街には地元に密着した古くからの商店や、おしゃれな雑貨店や古着屋などが軒を並べている。新旧が混在した雑多な街だけれど、奎はここが気に入っていた。

活気はあるが、どこかのどかで都会の喧噪《けんそう》から外れた雰囲気がいい。

慣れない独り暮らしで心が折れそうになったとき、はじめて『闇サン』の公演を観たのもこの街の劇場だ。ここは生活の場であると同時に、奎にとっては思い入れの強い場所だった。

「今日のバイトって、うちの駅前でしたっけ？」

ふたりで昼食をとったあと、片づけをしながら登吾がそう聞いた。

「あーそう、着ぐるみな」

商店街の狭い通りでは、ときおりイベントが開かれて、着ぐるみやキャンペンガールなどが街角をにぎやかす。今日はたまたま現場がすぐ近くで、奎としてはラッキーだ。

「なに着るんですか」

台所に食器を運びながら振り返る。奎はこたつに手を入れて背中を丸めた。大きなあくびをひとつしようが、登吾は手伝えとは言わない。いつも上げ膳据え膳だ。

「さあなんだろう……。現地にいってみないとわかんないな」

「事前に打ち合わせとかないんですか」

「だいたい当日、イベント担当者からちょこっと説明を受けて、あとはぶっつけ本番だな」

「でも、そういうの得意ですよね」

わかりきったことのように言われて、奎は「まあね」と気分をよくした。

コンビニとかけ持ちして、キャスト派遣会社での仕事は、自分の都合に合わせて働けるので、奎にとっては打ってつけだ。スーツアクターや司会進行を務める、いわゆるMCスタッフなどは芝居の勉強にもなるし、アドリブ好きの奎としてはとても楽しい仕事だった。

「キャスト何人かいるみたいだから、キャラ作り、被らないようにしないとなぁ」

「着ぐるみで、キャラとか必要なんですか」

「大事に決まってんだろ。じゃないと、俺が演じる意味ねえじゃんか」

悪気はないとわかっていても、つい声を尖《とが》らせてしまう。

登吾は高校の演劇部でも裏方をやっていたが、舞台そのものに興味があったわけではない。ただ、奎に誘われるまま部活に入り、奎に言われるまま作業をしていただけだ。

だから、役者魂など理解できないに違いないが、奎の芝居を観るのは好きなようだ。

「着ぐるみ、かわいいのだといいですね」

体裁が悪くなったのか、登吾は流し台に立つと食器を洗いながらそう言った。

「いや、俺は変わってて派手なのがいいな！　前にヒーローショーでやった恐竜は、シュールでよかったよ。でも、気合い入れてガオガオやってたら、小っちゃい子は逃げ出すし、悪ガキには尻尾《しっぽ》を引っ張られるしで……さんざんだった」

想像がついたのか、登吾は笑いをこらえるようにして肩をゆらした。

「だから、かわいいほうが安心じゃないですか」

奎は目をまばたいた。なるほど、ようやく登吾が強く押してくる理由がわかった。

着ぐるみのアルバイトは、見た目以上にハードで重労働だ。真夏となると汗だくになるし、子供のいたずらにも笑顔で耐えなければいけない。このいたずらが油断ならないのだ。

背中のファスナーを開けようとするぐらいならまだいいほうで、ひどいときは戦いを挑んでくる男の子もいる。着ぐるみの恐竜以上に、子供のほうがまさに小さな怪獣だ。

「かわいければ、子供たちもなついてくれますよ」

「甘いな。いくらブツがかわいくても、かわいく演じられないと意味ないんだよ。俺は、どんな着ぐるみに入ろうが、俺の芝居で、子供たちの心をゲットしてみせるね！」

意気込んでいる奎に、登吾は満足そうに目を細めた。

「がんばってください」

出かける時間までまだ余裕はあったものの、登吾の声援を受けながらアパートを出た。

集合場所は駐車場に臨時で設営したイベントテントだ。となりは着ぐるみキャストの控え室。

すでに商店街の組合関係者や、商工会の担当者たちが集まって準備を始めていた。

「有坂です。今日はよろしくお願いします！」

関係者やスタッフに丁寧に挨拶《あいさつ》すると、「明るくていいねえ」とかなりの好感触だった。

派遣のバイトは一回きりのイベントが多いので、その一回一回が奎にとっては勝負だ。主催者に自分を売り込んでおけば、のちに指名で仕事が回ってくることもある。

「——ん、なにあれ」

テントの奥に用意された、三体の着ぐるみを見て奎は目をみはった。

きれいに並んだ頭部の面と、畳んで置かれた白黒地の胴体。それは三体ともパンダだった。

「はっ？　マジですか」

予定の入り時間より早めにきたのは、気に入った着ぐるみをさきに選ぼうと思ったのだが、まさか全部同じ動物キャラとは——。しかも、見るからに安上がりの作りだ。

発砲スチロール製の面はパンダらしいけれど、胴体部分など厚手生地のジャンプスーツ。

「まあ……仕方ないよな。いや、ここでモチベを下げては役者として失格だ。どんなにブツがチープだろうが、関係ない。そう！　最高の演技をすれば、最高のパンダになれる！」

自分を鼓舞するように言い聞かせて、気合いを入れ直す。

その後、残りふたりの男性アルバイトがぎりぎりの時間にやってきて、担当者から装演時の説明を聞いた。ひとりは無口な大学生で、もうひとりは三十超えの無職っぽい男だ。

数時間とはいえ、同じ路上に立つ着ぐるみ仲間なので、奎は着替えながら積極的に話しかけた。キャラ作りはどういう系でいくのか。共通の決めポーズを考えるべきか。

「たかが、着ぐるみだろ。テキトーにやってりゃいいんじゃねえの。時給、安いしさ」

「俺は友人に頼まれてきただけだから……」

事前に打ち合わせしたかったのに、あからさまに疎ましがっている。奎と違い、ふたりにとって着ぐるみバイトは金のためであって、好き好んでやっているわけではないのだ。

「あー、なるほど！　そうですよねぇ～」

低姿勢で笑いつつも、内心では「こいつら、だめだな」と、背を向けて舌を出した。

奎だってもちろんバイト代ほしさだから、それが悪いとは言わない。ただ、着ぐるみに愛着がないからといって、雑に扱うのはどうかと思う。見ていて気持ちがいいものではない。

着ぐるみの出番となり、奎はオーバーアクションで登場した。商店街の通りをいきかう人たちに、スキップしながら両手を大きく振って、ときには投げキッスもする。

装演者のそばには、アテンダントと呼ばれる補助者がセットでつく。着ぐるみに入ると視野がかなり狭くなるので、目の届かない範囲を補助者がフォローして指示を出すのだ。

着ぐるみパンダの役割としては、商店街を盛り上げることで、大人にはセールチラシや無料サンプル品を、子供にはキャンディーや風船を渡していく。

スピーカーから流れる軽快な音楽にあわせて、奎はいろんなポーズをとりながら、買い物客たちの目をひきつけた。声出しはNGなので、いかに目立つ動きをするかが大事だ。

奎が設定したパンダキャラは、とにかく明るい男の子、名前は『パン一郎《いちろう》』。体操やダンスが得意で、決めポーズは両手を頭にあてたかわいい感じだ。

週末で家族連れが多いこともあり、子供たちは大はしゃぎでパンダの周りに集まってくる。着ぐるみの作りは質素でも、子供にはあまり関係ないのか、みんな笑顔で見上げている。

風船やキャンディーをあげると、大きな声でお礼をいう子もいるし、恥ずかしそうに母親のスカートの後ろに隠れる子もいる。そんなときはしゃがんで目線を同じにする。面を近づけると、だいたいの子が頭をなでてくれるので、奎は両手を上げて嬉しさを表現した。

あっという間にパン一郎は子供たちの人気者になったが、少し離れた場所で同じように風船などを配布していたパンダふたりのところだけ、人が集まっていなかった。

突っ立ったまま、退屈そうにしている。子供を喜ばせる演技ができないからだ。向き不向きはあるだろうけれど、なんだか気の毒に思えてきた。

こうなったらパン一郎のひとり舞台だ。

奎はその場で大きく足踏みしながら、子供でもできそうな即興のリズム体操を始めた。もちろん演じるキャラがぶれないように、パン一郎の個性を出して動いている。

予想どおり子供たちは、奎の動きをまねて同じように体操する。周囲を取り囲んだ両親たちは、かわいい我が子の姿を見守りながら笑顔で手を叩いている。

短いリズム体操ショーが終わると、自然と周囲から拍手がわいた。照れたパン一郎は体をくねらせながら、頭をかく。そんなパンダに子供たちがわっと抱きついてくる。

ちょっとした人気ゆるキャラ気分で、調子にのって無防備になっていたのがよくなかった。

ふいうちで走りよってきた少年に気がつかなかったのだ。十歳ぐらいの男の子は、目の前でぴたりと止まると、パンダの腹に強烈なグーパンチを打ち込んだ。

「……！」

一瞬、息が止まった。

やばい。もう少しでうめき声がもれるところだった。なんとか耐えたものの、殴られた衝撃で足元がふらつき数歩下がってしまう。痛いというもんじゃない。

しかしいくら苦しくても、痛がって座り込んだりはできない。芝居を続けなければ――。

奎はまったく平気なふりをして、飛び跳ねるようなダンスを踊った。腹を殴られたことで、まるで喜んでいるかのように、軽快なステップを踏みながら、明るくふるまった。

男の子がパンチを入れた瞬間は、驚いて静まり返っていた大人たちも、奎の体を張った演技に感心しているのか、笑顔になって手を叩いている。

パンチを入れた少年は、なんでもなかったように踊っている奎をつまらなそうに見ていた。いたずらというよりは確信犯だろう。まったく悪いと思っていない。そんな表情だ。

それでも奎は、わざと『大丈夫だよ』というポーズでおちゃらけて、少年の頭をなでた。それが気にくわなかったのか、キャンディーを差し出しても払い落として逃げた。

装演時の演技はいちおうマニュアルはあるが、オールアドリブみたいなものだ。舞台と違い筋書きはない。その場その場で、子供たちを喜ばせる対応をしないといけない。

気を引き締め直していると、またさきほどの少年が目の前に割り込んできた。

本来ならこういう場合、補助者がさりげなくフォローに入ってくれるのだが、残念なことに足りなくなったサンプル品をテントに取りに戻っていて不在だった。

「俺は、強いんだ！」

少年は大きな声でアピールする。奎はくるなと察した。けれど、身構えるわけにはいかず、決めポーズをとった。少年が右腕を引いて、そのまま拳《こぶし》を突き出そうとした瞬間、

「やめろ」

男の声が乱入して、すんでのところで少年の腕をつかんだ。止めに入った男の姿は見えないが、聞き覚えのある声だった。少年は悔しそうに男を見上げている。

「な、なんだよぉ……」

「本当に強い男は人を殴ったりしない」

「だってこいつー、人じゃねえしー。パンダじゃん」

「パンダでも、力いっぱい殴られれば痛い」

「えー、全然痛がってなかった」

「おまえのために、我慢してたんだよ」

「……」

「周りがなにも言わないから、また殴ってもいいと思ったんだろ」

男のまっとうな意見に、近くにいた大人たちは黙り込む。

やりすぎの子供を、誰ひとり注意することはなかった。けれど男の的を射た指摘で居心地が悪くなったのか、我が子の手を引いてこそこそとその場を離れていく者もいる。

この声、もしかして——。

荒々しい口調ではないけれど、静かな重圧を感じさせる。

なんとか男の姿を確認しようと、面を上に向けると精悍《せいかん》な横顔が見えた。

登吾だ。怒ったような顔をしている。買い物帰りなのか、手にはスーパーの手さげ袋。

目つきの悪い男に睨《にら》みつけられて、さすがに少年も強くは出られない。

(まさか、中に入ってるのが俺だとわかって……?)

助けに入ってくれたのだろうか。でも、パンダは三体いるし、たまたまだろう。

「あやまらないのか」

少年は無言で唇をかみ締めてうつむいた。

彼の足元を見ると、スニーカーは泥まみれでぼろぼろだった。ズボンの膝《ひざ》も破れている。

そばに家族も友達もいないようだし、おそらくあまり目をかけられていないのだろう。

　奎は登吾と少年のあいだに入り、『仲よくしようよ』という身ぶりをしながら、ふたりの手を取って軽くふれ合わせた。『ほら、もう友達だよ』と、両手を広げてポーズをとる。

　少年は一瞬、泣きそうに顔をくしゃっとさせると、

「うっせえ、ばーか！」

　捨てゼリフのようにそう言って走り出した。人混みにまぎれて見えなくなる。

「腹、大丈夫ですか？」

　となりに立った登吾が心配そうな声で尋ねてくる。

　奎だと気づいているかどうかはべつとして、ここで中の人に戻ってお礼を言うわけにはいかない。相手が誰であろうと、着ぐるみに入っているあいだは、パン一郎だ。

　奎は両手を開いて肩をすくめると、『きみはなにを言ってるの？　僕は全然元気だよ！』と、両方の拳を顎《あご》の下にあてたかわいいポーズで、頭を大きく上下に振った。

「だったらいいです」

　登吾はそっけない言い方で、目の前を横切って足早に立ち去ろうとする。なんだ、それだけか。やっぱり自分だとわかっていなかったのだろうか。

（――そうだ）

　奎は登吾のあとを追いかけた。とはいっても、内股でばたばたとしたパンダ走りなので、すぐには追いつかない。子供が「パンダ、パンダが走ってる。かわいい～」と指差した。

その気配を感じとったのか、登吾は足を止めて振り返った。

奎は手にした赤い風船をひとつ差し出した。小首をかたむけて、『どうぞ』と伝える。

予想外だったのか、登吾は驚いた顔をしつつも、そっと風船のひもを持った。

「……どうも」

照れたような笑みが口角ににじむ。パン一郎は片手を耳にあてると。敬礼ポーズをとった。

——さっきは、ありがとう。

登吾は左手にスーパーの買い物袋、右手には風船をゆらゆらさせながら歩いていった。

そのあとはとくに大きな問題もなく、奎は路上でパン一郎を演じ続けた。

数時間きっちり働いて、バイトが終わった夕方にはくたくただ。

途中で何度か休息はあるものの、ずっと立ったままなので、着ぐるみを身につけているだけで体への負担は大きい。とくに奎は自ら動き回っているので疲労感がはんぱない。

「はー、ただいま……」

アパートに着いてドアを開けたら、ちょうど登吾がベランダに干した洗濯物を、中に入れているところだった。掃除機もかけたのか、部屋の隅に出したままになっている。

今日はまる一日休みだといっていたので、まとめて奎の分の洗濯もしてくれたようだ。

「ああ、登吾、サンキューな」

「お疲れさまです。今日は災難でしたね。湿布、貼《は》っときますか」

奎はジャンパーを脱ぎかけた手を止めて振り返る。思わず顔をにやつかせた。

「やっぱり、気がついてたのか。なんでパン一郎が俺だとわかった？」

「パン一郎？」

「俺パンダの名前。そこはいいから、ほかのふたりもパンダだったろ。迷わなかった？」

「まったく。ひとりだけ、いろんな意味で浮いてましたから」

「ほめられてる気がしねえんだけど」

「がんばってる感がすごくて……必死なんだなと思いました」

手渡された湿布薬を持ったまま、奎は目の前の登吾を無言で見つめた。

そんな理由で判断したのか。これは役者としては複雑だ。

「えーと……俺の芝居っていっつもそんな感じ？　舞台でも余裕なく見える？」

観客の意見は大事なので、ここは謙虚な態度で歩み寄った。

すると登吾は、珍しく失笑すると、おかしそうに目尻を下げた。

「おまえ、笑いすぎ」

「笑いすぎって……ちょっと吹いただけですよ」

不本意そうにすねた顔で口元を尖らせる。

「おまえはさ、顔にあまり出ないから、本当はその十倍は心の中で笑ってんだろ」

登吾は黙ってしまった。どうやら図星だったようだ。

「うわー。後輩、怖いぜ」

やだやだ、とこたつに入り、「ビール、ないの？」と催促する。部屋の主よりも冷蔵庫の中味を把握している登吾は、「ありますけど、風呂わいてますよ」と、気をまわした。

「さきに一本飲んでから」

「わかりました。じゃあ、軽いつまみ用意しますね」

「お、いいねえ。おまえも飲めよ」

相変わらずの至れり尽くせりに気をよくした。ふたりとも夜勤がないのは久しぶりだ。

「さっき言ったのは、いい意味でですよ。パン一郎、すごくよかったです」

缶ビールを二本手にして戻ってくる。奎は一本を受け取りながら「嘘くさいぞ」と鼻の頭にしわを寄せた。登吾はなにか言いたげに横目で見たものの、台所につまみを取りにいった。

「嘘じゃないです。ほんとに本気ですごいと思いました」

ややむきになった言い方で、こたつのテーブルに肉豆腐と枝豆が入った小鉢を並べる。

「肉豆腐！　これ、好きなんだよな～」

「マサの残り物ですけど」

惣菜《そうざい》で余ってロスになるものは、女将さんの厚意で持ち帰らせてくれるのだ。

「はいお疲れー」

プルタブを起こして缶ビールを突き出すと、登吾も同じようにして軽く缶をぶつけた。

ビールを喉に流し込む。急に腹が減ってきて、ぷるぷるの肉豆腐に箸を伸ばした。

「うーん、めちゃうまいぃ〜。マサのとちょっと違うな」

「すき焼きのたれを少しだけ足しました」

「へえ〜、おまえマジ、料理人になればいいのに。店出したら、毎日タダで食わせて」

「それはいやです。さっきの話の続きですけど――」

今でも似たようなものだと思うけど、それはいやなのかと、目をぱちくりさせた。

「パン一郎はそういうキャラだったんですよね？　元気で明るくて、ダンスが大好きな」

「あー……まあ、そうね」

自分の役作りを真正面から確認されると、なんとなく恥ずかしい。

「そこ、ちゃんと伝わりました。だから、すごいなって。あとのパンダふたり、手、抜きまくりだし、演技以前の問題で。あっちは、へたれパン吉って感じでしたから」

アルコールが入ったからか、いつもより饒舌《じょうぜつ》な登吾に、奎は楽しくなってきた。

「言うねえ」

「ただ、俺としてはどうしても引っかかったのが――」

「上げたり下げたり、どっちだよ」

なんとなくダメ出しされそうな雰囲気に、奎は一気に缶ビールを傾けて飲み干した。

「パン一郎はパンダでも、痛覚はありますよね。殴られれば痛いはずです」

「……まあな」

「全力で腹を殴られて、踊っているのはおかしくないですか」

なるほど、そういうことかと、奎は表情を引き締めた。一本のつもりだったけれど、二本目の缶ビールを自分で取りにいく。登吾が「あ、俺が」と慌てて振り返る。

「そうだな、おまえの言うとおりだよ。パン一郎はロボットじゃない、パンダ星からやってきたパンダだから。そりゃ、痛いよ。痛いってもんじゃない、吐きそうになったね」

登吾にも追加の缶ビールを手渡しながら座ると、だったらなぜ、という顔で見上げた。

「言いたいことはわかるよ。不自然だっつうんだろ」

枝豆をつまみながら視線を上げる。目が合うと登吾は真顔でうなずいた。

「俺が、着ぐるみパン一郎を『演じてる』という意識があるから、子供のいたずらにも我慢して、おちゃらけて笑顔でごまかそうとする。叩かれても痛がらないし、怒らない」

「そう……なんですか?」

「でも、本物のパン一郎がもし存在したら、痛くて泣いちゃうかもな」

登吾は自分が言いだしたにもかかわらず、どうしてそんな話の流れになるのか、という困惑した様子だった。ただ、奎としては着ぐるみバイトをはじめて、何度も迷い考えたことだ。

役者として正しいのはどちらか。いや、演じ方に絶対正しい、というやり方はない。登吾の言うことも一理あって、それは否定しない。いろんな解釈があって当然なのだから。

「け――有坂さんは、本物のパン一郎じゃないんですか？」

不安そうな顔で問われて、その表情に一瞬、幼い登吾の影を重ねあわせた。

「本物だよ。いつだって俺は、俺だけの芝居で勝負したいと思ってる。でも、相手がいてこそ生きるのが芝居だから。その相方を『素』の俺が怒るなんて、できないだろう」

登吾はそれでも納得がいかないのか、興奮ぎみに身を乗り出した。

「あの男の子がやったこと、俺はただの弱い者いじめとしか思えない。着ぐるみがやり返してこないのを知ってるんですよ。だから、強がっていられる」

「そうかもな」

「だったらなおさら、ちゃんと、悪いことだと教えるべきじゃないですか」

「それは俺の役目じゃない」

きっぱり言いきると、登吾は「どうしてですか」と怪訝な顔になった。

「きちんとした躾《しつ》けは親がするものだろ？　あのときの俺はパンダのパン一郎で、やつに与えられた使命は、子供を楽しませながら、商店街の宣伝をすることだからさ」

「でも、だからって――」

「それに、周りには子供がたくさんいたんだぞ。俺がもしあそこで痛がったらみんな心配するだろうし、だめだよなんてリアクションしたら、場が白けるだけじゃねえか」

珍しく食い下がって意見していた登吾は、考え込むようにして顔をうつむかせた。

「……仕事中だから、てのはわかりますけど。そうやって着ぐるみパンダが痛がらないから、子供たちは調子にのって、どんどんエスカレートするんじゃないですかね」

「してるな」

「子供だからって許していたら、きりないです。なにをしでかすか、わかりませんよ」

「おまえがいたじゃん」

「——え?」

登吾はゆっくりと顔を上げた。どういう意味ですか、と目をしばたたく。

「だから、俺のかわりにおまえが、ちゃんと注意したろ。だから、結果オーライじゃね?」

イエーイ、とピースサインを突き出すと、登吾は呆れた様子で目を細めた。

「じゃあ、俺がいないところでは、また殴られるかもしれないですよ」

「それも仕事のうちだから」

「仕事と自分の体、どっちが大切なんですか」

とうてい理解できない、といった機嫌の悪い顔つきで問いただす。

「おまえさ、なんで怒ってんの?」

「怒ってません」

「いや、怒ってるだろ」

むすっとして黙り込むと、缶ビールをひと口飲んでテーブルに置いた。

「そういうプロ意識、立派だと思います。でも、そんなことで怪我《けが》でもしたら、舞台に——」

途中で言葉をつまらせ目線を泳がせると、ばつが悪そうに口を閉ざした。

話しているうちに、なんとなくそうなのかなとは思ったけれど、これで確信した。

本番中の奎としては、もちろん自分の体よりも、芝居や観客が大事だ。けれど登吾は、演劇にかかわっていても、役者ではないので、そこまでの熱意に共感できないのだろう。

結局は着ぐるみの演技がどうこうではなく、奎の身を案じてむきになっていたのだ。

（そういうとこ、変わってないな……）

登吾は昔からそうだった。小学校の学芸会で、ひとりだけ奎の異変を見抜いたし、部活中に腹痛を我慢して発声練習していたときも、体調不良に気づいて先生に言いにいった。

子供のころから、登吾は奎のことをよく見ている。それは今も同じだ。

「たしかに——うん、怪我はよくない。舞台に立てなくなったら、奎ちゃん泣いちゃう！　でも、腹パン程度でまいる、拙者ではござらぬ。心配するには及ばないぞよ」

「あの……普通にしゃべってもらえますか。面倒くさいから」

「ひ、ひどい！」

両拳を頭にあてて、『ぷんぷん』ポーズをとると、登吾は笑いをこらえながら食べた。

よかった。こわばりそうだった空気が和んできた。

「調子にのって許されるのってさ、子供のうちだけだよな。大人になったらさ、いやでもいろんな我慢をしなきゃならないし、思いどおりにならないことばっかだろ」

食べながらそう言うと、登吾はしばらく無言のあと、「……そうですね」とつぶやいた。

「だから、せめて子供のうちだけは、いい思いをさせて、好きな夢を見せてやりたいんだよ。そのうちいつか、現実ってこんなもんかと、気づく日がくるんだから」

登吾は箸を置くと、胸の内までのぞき込むような、まっすぐな目で見つめてきた。

「本当のこと言うと、あのとき――」

「まだなんかあるのかよ」

「子供に優しいから、すぐにわかりました」

「ん？　誰が？」

「パン一郎です。芝居がやたらオーバーだとか、浮いてたじゃなくて。パン一郎がとても子供を大事にして優しく扱ってたから、ああ、この中に入ってるのが、そうなんだって」

今になって真面目な感想を言われて、どう返答すればいいのか困ってしまう。

「奎ちゃんの、そういう――」

途中で、あっ、と声をもらして口を閉ざした。

「いいよ、今日だけ特別な。おまえのおかげで二発目を食らわなかったし、助かったから」

実は感謝してる、とあらたまって礼を言うと、登吾は戸惑いながら視線をそらした。

「なんだろう、そう言われると……逆に言いづらいというか」

「ひねくれ者かよ！」

素早く突っ込んだあと、ふたりで顔を見合わせて笑った。

「まあ、べつにいいんだけどさ。おまえがとりあえず俺を先輩として、認めてくれてんなら」

「それは、もちろんです。調子よくてずぼらなところもあるけど」

「はい、アウトー」

「俺は――け、有坂先輩のこと尊敬してます。舞台に立てば別人になるのが心底シビれるし、さっきは生意気言ったけど、芝居に対してのこだわりはガチですごいと思います」

「ちょい、待て。やっぱ嘘くさいんですけどぉ～」

「本当です！　俺なんかよりずっと人間できてると思います」

真剣なのは伝わるが、缶ビールをふたつ空けてだいぶ酔っているからか、舌の回りがいい。登吾は普段はあまり酒は飲まないが、飲みだすと強いし、そこそこしゃべる。

「あのあと……駅前から帰る途中に、男の子を見かけて」

「えっ、そうなのか。なにやってた？」

「マンション前の花壇に座って、つまらなそうにひとりでゲームやってました。たぶん、近所の子なんでしょうね」

「そっか……。鍵っ子なのかもなあ」

「前を通りすぎるとき目があって、持ってた風船をあげようかと思ったけど、やめました」

「そこは大人としてあげようよ」

「どうせ、いやな顔される。そう思ったんです。きっと奎ちゃんなら、いやがられても、その子が笑顔になるまで話しかけますよね。だから俺、人間できてないんです」

「それは――」

たんに登吾が子供が苦手で、扱いに慣れてないだけだと思ったが、口にはしなかった。

「それにやっぱり子供でも、無防備の相手を殴るのは許せない」

小さな吐息がもれた。登吾らしい。

登吾は外見は年齢以上の落ち着きがあるが、中味は子供のままというか、単純だ。好き嫌いがはっきりしていて、周囲の意見や流行にも流されず、自分の考えを曲げない。

そして、とても優しい。優しいからこそ、厳しい。

おそらく登吾も、不自由な環境で育ったからこそ、厳しく見てしまうのだろう。

登吾の家は父子家庭だ。両親が離婚して父に引き取られて、六歳で引っ越してきた。

小さな田舎町なのですぐに近所の噂《うわさ》になり、自然と奎の耳にも入ってきた。けれど、子供のうちは離婚というのがよくわからなかったので、あまり気にしていなかった。

ただ、登吾には家に帰ってもお母さんがいない、ということは理解していた。

地元の悪ガキに、『おまえの父ちゃん、母ちゃんに逃げられてやんの〜』といじめられていたのを、腹立たしく思ってぶん殴ってやったら、いきなりボスに格上げになった。

登吾は泣き虫で、いくら叩かれても、自分からやり返すことはなかった。お母さんから、『叩かれたら痛い。叩き返しても痛い。痛いのいやだよね？』そう教えられたようだ。

でも、そのお母さんが突然いなくなって、おまけに見知らぬ町に連れてこられて、きっと心細かったに違いない。その当時、奎は子供だったからそこまでわかってはいなかったけれど、『なあ、お母さんいなくて、さびしい？』

と聞いたら、登吾は下唇をかみ締めて、人形のように固まって涙を流した。

さびしい、とは決して口には出さなかったけれど、さびしいことがすぐにわかった。

『じゃあ、けーちゃんのお母さん、半分貸したげるわ！　甘いカレーめちゃ美味しいんやで。ほいたら、もうさびしないよな！』

それから毎日、登吾は奎の家にくるようになった。ときには夕飯を食べて帰るときもあった。登吾の父親は商社マンで出張が多く、留守にするときは専門のシッターを雇った。

それでも登吾は、奎の家にわざわざやってきて、甘いカレーを食べた。

人見知りで内気な登吾が、奎だけになついてきたのは、動物の刷り込みみたいなものだろうと思っていた。不慣れな環境で、はじめて声をかけてくれたのが、たまたま奎だったから。

奎が登吾を引き連れるようになると、悪ガキにいじめられることもなくなった。奎の母親も登吾に同情して、遠足のときはふたりぶんの弁当を作ったし、奎も自然とおやつは登吾と半分ずつ、というのが当たり前のようになった。

もしかしたら登吾は、奎に恩義を感じているのかもしれない。小さいときに世話になったからこそ、逆らうことができずに、そばにいるのだろうか。

奎にとって登吾は幼なじみの後輩で、もちろん友達ではない。でも、幼なじみや後輩や友達は何人かいるけれど、登吾は『登吾』という特別な存在なのだ。

本人に面と向かって言うのは恥ずかしいが、体調を気にかけてくれたり、家事をしてくれるのは、本当にありがたいと思ってる。同時に胸の片隅では、後ろめたさも感じていた。

登吾には尽くしてもらうばかりで、今の自分ではなにも返せはしないからだ。

登吾がいなかった二年間は、ひどいありさまだった。少ない収入で芝居ばかり観て、食事は常にインスタント食品で、お金がないときは女の子に食べさせてもらった。

登吾がそばにいなかったら、今のようなまともな暮らしは成り立っていなかっただろう。

自分では人間ができてないと言っていたけれど、奎にしてみればできすぎだと思っている。

普通ならこんな手のかかる先輩なんか、途中でいやになって放り出すに違いない。

子供にさえ厳しい登吾が、いい大人の奎に対しては身の回りの世話までする。たまに、母親のような小言を言うこともあるけれど、基本的には甘やかされている。

登吾の人のよさにあぐらをかいているつもりはないが、似たようなものだ。

(そうだよな、このままでいいはずないよな……)

甘えている自覚があるからこそ、登吾の思いやりがときどき負担に感じるのだった。

＊＊＊

『お初に、お目にかかる。お主の頼みを、三つ申してみよ。拙者がきいてやろうぞ』

動きをつけながら、役に入った圭《けい》が気持ちを入れてセリフを読み上げる。

『信じる、信じぬは、お主の勝手じゃ。なれど！』

読み合わせの稽古《けいこ》と違い、セリフが完全に入った状態で、演技などの動作を加えていくのが立ち稽古だ。代用品の小道具も使って、本番と同じ感覚を身につけていく。

一時間もしないうちに汗がにじんでくる。狭い貸し稽古場には熱気がこもっていた。

「──溝口《みぞぐち》さん、衣装の件なんですけど」

休憩中に汗を拭《ふ》きながら相談を持ちかけると、溝口は台本から顔を上げた。

「うん、なに」

「俺、頭にみかんのっけていいですか」

一瞬、なんのことかわからず目をぱちくりさせたが、すぐに「あっ」と笑顔になった。

「それ、『こたつ』に引っかけてる？」

「そうです、そうです。やっぱ『こたつ』といえば、みかんですよね～。せっかく『こたつ侍』なんだから、そのほうがサマになるかと思って」

溝口は嬉《うれ》しそうに、うんうんとうなずきながら、奎の肩を軽く叩《たた》いた。

「いいね、それでいこう」

「やった！」

「さすが有坂《ありさか》くん。その発想、僕にはなかったよ」

ただの思いつきだったけれど、同意してもらえてよかった。

劇団によっては演出家が、キャスティングや衣装までひとりで決めてしまう場合もあるが、『闇サン』では細かいところまで、団員たちみんなで話し合うことにしている。

配役も役者がやりたい希望をだして、重なった場合はオーディションで決める。

溝口は主宰で演出家でもあるが、独りよがりにならないよう、つねにキャストやスタッフたちの意見を聞き、団員全員が納得した舞台作りを心がけていた。

そんな『闇サン』だからこそ、奎はやりがいを感じていたし、大切にしたかった。

「お疲れさまです」

「あれ、なんだ。いつの間にかきてたのか」

今日は珍しく登吾《とうご》が稽古場に現れた。手にはファンシーな紙袋を持っている。

「お、それ差し入れ？」

「はい。前に関《せき》さんが好きだと言ってた、たい焼きです」

床に座って水を飲んでいた関は、「おう、悪いね！」と、笑顔で手を上げる。

「俺も好き〜。これうまいよな」

駅前にある人気店のオリジナルたい焼きで、クロワッサン生地と黒糖のこし餡《あん》が絶妙だ。

登吾が稽古場に顔をだすときは、必ず差し入れを持ってくるので、数少ない女性団員は急にそわそわしはじめた。色めき立つ理由は差し入れだけではないのだけれど——。

「まーた、女子が目の色変えちゃってるよ」

「え？　あぁ、大丈夫です。数はたくさんありますから」

「そっちじゃねえよ」

呆《あき》れて切り返すと、登吾は首をひねった。本人はまったく気にとめていないのだ。

「そうだ、立ち稽古見てたんだろ。どうだった？」

登吾は困ったような顔で、「どうと言われても……」と、返す言葉につまった。

「いーよ、はっきり言って」

「途中からだったんで、全体のスジがわからないんですが……。『こたつ侍』って、ふつーに侍じゃだめなんですか。こたつに住んでる意味あるんですかね？」

「なに言ってんの！　頭にみかんのせてんだよ。こたつじゃなきゃ、なんなんだよ〜」

今さっき決まったことをプッシュするが、登吾は完全に引いた顔で無言だった。

「それは……ずいぶん斜め上をいってますね」

「そうだよ、凡人はこれだからさ〜。もっと感性磨いとけよ」

「すみません。それは置いといて――」

「置くなよ」

「今日の手応え、どんな感じでしたか。いけそうですか」

「ん？　稽古の？」

「いえ、オーディションです。大きな劇団の受けたんですよね」

「……ああ、あれね！」

登吾には詳しく話してなかったものの、以前、溝口に相談した演劇ユニット『@《アット》』のオーディションが午前中にあったのだ。一次審査は通過しており、今日は最終の実技審査だった。

朝は顔をあわせないまま早くに出かけたので、どうやら気にかけてくれていたようだ。

「まったく問題なし。ばっちりだ！」

ＯＫマークを指で作って笑顔を見せると、登吾は「よかったです」とうなずいた。

奎としては全力を出し切ったし、審査員も好反応で自信もあるのだが、帰り際にいやな噂《うわさ》を耳にしていた。気にするときりがないので、今は考えないようにしている。

「じゃあ、これ、溝口さんに渡してきます」

「おう、サンキューな」

わざわざ溝口のところへ持っていくのは、スタッフとして気を遣っているのだろう。

「登吾さん、今日はなにかあったんでしょうか」

背後から菜津美《なつみ》が近づいてきて、登吾の背中を目で追った。菜津美は長い髪を後ろでひとつにしばり、首にタオルをかけている。登吾を見つめるその顔は心なしか上気していた。

「なにかって？」

「めったに稽古場にこないのに、急にどうしたのかな……と思って」

菜津美は二十歳の大学生で、『闇サン』に入ってまだ数か月だ。演劇に興味を持ったのが遅かったので、舞台経験はほとんどなく、芝居もまだ不慣れではあるが、奎も認める努力家だ。

登吾と顔を合わせる機会は少ないので、菜津美としては気になるのだろう。

「たまたま今日の稽古場が近くだったから、バイト前に寄ったんじゃないかな。差し入れぐらいしないと悪いかな、と思ってんだよ。あいつ、劇団にあまり貢献してないし」

「そうでしょうか……」

「裏方だから、公演日までたいしてやることないしね」

「でも、裏方さんの支えがあってこそ、舞台って成り立ってるんですよね？」

「うん、それは間違いないね」

「登吾さんなら裏方より、役者でもじゅうぶん、やっていけそうな感じですけど……」

それは容姿のことを言ってるのだろうかと、奎は微妙な気持ちになった。

悔しいが登吾は黙って立っているだけで、モデル並みに人目をひきつける魅力がある。無口でミステリアスな雰囲気なので、女子たちが色めき立つのも仕方がない。

けれど、幼少の『泣き虫トーゴ』を知っている奎としては、なんとなくおもしろくない。

菜津美が入団祝いの席で、登吾とはじめて挨拶《あいさつ》をかわしたときから、実はぴんときていた。酒が得意ではないのに、飲み会に必ずついてくるのは、『マサ坊』に登吾がいるからだろう。

「そうね、あいつ、俺と同じぐらい格好いいよね。でも、芝居の才能はゼロだから」

「ご、ごめんなさい、そんなつもりじゃなくて……」

菜津美は素直な子なので、気持ちが先走っているのがわかりやすい。奎ではなく登吾に好意を持っているのは、男としては癪《しゃく》だけど、先輩団員としては応援したくなる。

奎は菜津美に接近して、思わせぶりな顔でささやくように言った。

「そんなに登吾が気になる?」

「えっ！　あ、あの……」

目を大きくして正面から見つめてくる。どうやら、気づかれてないと思っていたようだ。

「ごめんね！　困らせるつもりじゃなかったんだ」

「い、いえ、大丈夫です。ほんとのことだから……。私も自分でまだよくわからなくて。お芝居もはじめたばかりで、それどころじゃないのに――」

「でも、気になるんだね」

「……」

みるみる顔が赤く染まり、上目遣いで奎を見て、はじらいつつも小さくうなずく。

「ただなぁ、菜津美ちゃんはいい子なんだけど、あいつに問題が……」

溝口と関の近くでこちらを見ていた登吾は、機嫌悪そうにしかめっ面をしている。

「ほら、なんか睨《にら》んでるし。なんでいつも、むすっとしてんだろうなあ」

登吾は稽古場にきても、奎以外の団員とほとんど話をしない。溝口と関は、奎が一番頼りにしていることもあり、登吾もなじんでいるが、ほかの者と親しくする気がないのだ。

同じ劇団員なんだから、もっとみんなと打ち解けろよと、前から言ってはいるのだけれど、登吾としては面倒くさいようだ。仕事はきっちりするが、社交性がないのも考えものだ。

「もう少し愛想があれば、周りも話しかけやすいのにさ」

「あっ、でも、そういうところが……」

言いかけた途中で、菜津美はふたたび恥ずかしそうにして、赤い顔をうつむかせた。

「なるほど！　ごめんごめん。俺が空気読めてなかった」

手のひらで後ろ頭をスパンと叩くと、菜津美はびっくりしながらも声に出して笑った。

奎と目が合うと、登吾はすっと顔をそむけた。ふたりが自分のことを話しているのに勘づいて、余計なこと言わないでくださいよと、鋭い目で牽制していたのかもしれない。

「そうだな、もしかしたら、登吾もまんざらではないのかも」

そう言いながら、奎は自分でもよくわからない嫉妬心《しっとしん》のようなものが、じわじわとわき上がってくるのを感じていた。けれど、それがどちらに対しての嫉妬なのかよくわからない。

「え?」

「俺と菜津美ちゃんが仲良くしてるのを見て、気分悪くしてるみたいだから」

「そ、それは……」

本当にそうだったらすごく嬉しいという気持ちと、いやまさかそんなことはないだろうという、残念な気持ちの両方が複雑にからみ合ったような、薄いほほ笑みを浮かべた。

こちらまで、胸が締めつけられるような、せつない表情だった。もやもやとしたわだかまりは残りつつも、そんな顔を見せられたら、なんとかしてあげたいと思ってしまった。

「よし、俺に任せなよ。ふたりの仲を取り持ってあげる」

胸を叩いて笑顔でそう言うと、菜津美は驚いて「えっ」と目を丸くした。

「あ、あの……有坂さん、でも」

「いいからいいから。登吾もさ、もっと友達を増やすべきだと思うんだよね。まずは、お友達からはじめましょう、的な感じで? ふたりで食事でもすればお互いのこと知れるしさ」

予想外の展開に、菜津美は信じられないといった顔で奎を見上げた。

「登吾は俺の頼みなら断らないから、心配しないでいいよ」

菜津美はしばらく迷いながらも、「……お願いします」と消え入るような声で頭を下げた。

たい焼きを食べたあと、二度目の立ち稽古となり、菜津美の芝居が少し変わった。

菜津美は滝本が演じる『ゆきお』の彼女役で、出番は少ないが重要なセリフがある。

『こたつ侍』を拾ったことで、生活が一変した恋人に、本来の自分を取り戻してもらうために言う、強烈なひと言だ。そのセリフに重みと深みが増して、菜津美の言葉になっていた。

（恋する女の子って、すごいな……）

いい芝居がしたければ、いい恋をしろ、と高校の演劇部の先生が言っていた。その当時、奎はつき合ってる彼女はいても、『恋をしている』という実感はあまりなかった。

自分から好きになる前に、女子から告白してきて、とりあえずつき合ったら、しばらくしてふられる。その繰り返しだったので、正直なところ『恋』というものがよくわからない。

それにたぶん、恋人を一番に考えられない。情熱のほとんどを芝居にぶつけているからだ。もし、『恋』を『虜《とりこ》』に置き換えられるとしたら、奎は舞台に『恋』をしているのかもしれない。ステージに立てない人生なんてありえない。演技はどこでもできるけど舞台は違う。

舞台の上こそが、奎にとってはときめく場所なのだ。

登吾はモテないわけではないのに、昔から女っけがなかった。奥手というのか鈍感というのか、気がありそうな女子にも知らんぷりで、女心もまったく理解できていない。

高校では、部活の先輩から告白されていたが、それもあっさり断っていた。東京《とうきょう》に出てきてからも、彼女がいた気配はなく、そもそも親しい友人がいるのかさえわからない。

まさか童貞ではないと思うが、彼女でもできれば登吾の生活にも潤いがでてくるだろうし、少しは人当たりもやわらかくなるだろう。

いつまでも先輩後輩の関係を引きずって、当たり前のように自分に縛りつけているわけにもいかない。奎にとっては好都合でも、登吾にとってプラスになっているとは思えない。

奎にはプロの舞台役者という夢があるけれど、登吾にも東京で暮らす目的というか、自分だけの楽しみができればいいなと、そのときの奎はそんなふうに考えていた。

稽古が終わると、いつものメンバーで『マサ坊』に流れ込んだ。もちろん菜津美もいる。

「菜津美ちゃん、離れたとこにいないで、こっちにおいでよ～」

後ろのテーブル席で、滝本《たきもと》にからまれていた菜津美を、手招きしてカウンターに呼んだ。

「え、あの……でも、お邪魔じゃないですか」

「全然、大歓迎だよ！　はい、菜津美ちゃんは俺のとなりね」

壁側の椅子《いす》を引きながらにっこり笑うと、菜津美は戸惑いながらも奎の横に座った。

「……すみません、ありがとうございます」

「ここなら、一番安全だから」

「どこがです。鼻の下伸びてますよ」

そう言いながら、新しいおしぼりをカウンターに置く登吾に、菜津美ははっと顔を上げた。

「もとからこんな顔だよ」

「そうでしたね」

「ちょっと！」

菜津美はうつむいて、くすくすと笑っている。劇団内では同郷の先輩である奎をそれなりに立てているのに、普段は突っかかることもあるのかと、新鮮に見えたのだろう。

「ばーか、それはおまえだろ。菜津美ちゃんが目の前にいるからって、浮かれんなよ」

「べつに……浮かれてませんけど」

心底、意味がわからない、という顔で冷たく睥睨《へいげい》した。奎は少しばかり苛《いら》ついた。

（――なんだよ、こいつ。今日はほんと機嫌悪いな……）

稽古場に差し入れにきたときも、奎が菜津美と談笑しながらたい焼きを食べているうちに、いつの間にか挨拶もせずに消えるようにいなくなっていた。

今もなお、菜津美は緊張しながらも嬉しそうなのがわかるけれど、登吾にいたってはふたりには目もくれず、忙《せわ》しなく動き回って作業をしている。

「わかった。おまえ、俺が菜津美ちゃんのとなりにいるのが、気に入らないんだな」

痛いところを突かれたのか、珍しく作業の手が止まった。

「関係ないです」

「へえ～、そうなんだ。じゃあ、今日は菜津美ちゃんと、仲良くしちゃうもんね！」

「あの、有坂さん……」

菜津美の細い肩に身をすり寄せながらビールを飲む。奎もだいぶ酔いが進んでいた。登吾はカウンターのすぐ前で、なにかの盛りつけをしながら、ぼそっとこぼす。

「セクハラおやじみたいっすね」

「とーごー、おまえさあ、なんなのさっきから。だから、ほんとは話にまざりたいんだろ？　そうだよな？　だったら素直にそう言えよ。菜津美ちゃんに嫌われちゃうぞ！」

「……」

「あ、黙ってるってことは、やっぱ嫌われたくないんだな」

登吾はため息をついたあと、目も合わさずに、テーブルにポテトサラダを置いた。

「──仕事中だから、邪魔しないでください」

そっけなくそう言って厨房《ちゅうぼう》の奥に入っていった。

「なんだよ。あいつ、料理は上手《うま》くてもさ、接客がだめなんだよな〜。ねえ、菜津美ちゃん」

となりに顔を向けると、菜津美はテーブルを見つめて、静かな笑みを浮かべていた。

「私、迷惑だったみたいですね……」

「えぇ！　ちょ、ちょっと待ってよ、なんでそういう流れ？　いや逆だよ、登吾は──」

「ごめんなさい。今日はあまり時間がないので、そろそろ失礼します」

菜津美は立ち上がると、バッグを持って溝口のもとへいき、自分の支払いをすませた。

唐突なできごとに、奎は気のきいた言葉も出ず、ただぼんやり突っ立っていた。

「ほんとに、もう帰るの？　ごめんね、俺が余計なことしちゃったかな」

「あ、いえ、全然！　そんなんじゃなくて」

菜津美は恐縮した様子で、笑顔で手を振って否定した。

「今夜は両親が家にいないので、弟たちの面倒をみなきゃいけないんです」

「そうなんだ。あっ、じゃあ、送るよ」

菜津美は団員仲間に「お先に失礼します。お疲れさまでした」と挨拶をするが、登吾のほうは見ようとしなかった。菜津美に続いて、奎も暖簾《のれん》をくぐって店から出る。

「菜津美ちゃん、ほんと平気？　登吾はさ、誰にでもあんな感じなんだよ。超無愛想で、あれがデフォなの。だから、迷惑とかそんなんじゃないから。気にしないで」

駅へ向かおうとする菜津美を、店の出入り口のところで引き止める。急いでいるのはわかっていても、どうしても引っかかって、誤解を解いておきたかった。

「あいつが邪魔って言ったのは、俺にだから。菜津美ちゃんじゃないからね。口下手《くちべた》で女心にうといから、気分悪くさせちゃったかもだけど、悪いやつじゃないから」

登吾のフォローなんかしたくないのに、つい笑顔でそんなことを言っていた。

「有坂さん、優しいですね……。ありがとうございます」

菜津美は深々とおじぎをすると、「ふたりとも本当に仲がいいんですね」と笑った。

「私、有坂さんがうらやましいです」

「――え？」

「おやすみなさい」

駅まで送るつもりが、タイミングを逃してしまった。菜津美の後ろ姿が小さくなっていく。

最後に見せた泣き笑いのような顔が、いつまでも頭から離れない。

ただ、奎としては胸中で中途半端な苛立ちがくすぶっていた。みんなの前で明るくふるまいながらも、登吾への不満が消えないので、ハイペースで飲みすぎてしまった。

結局いつもどおり、登吾に体を支えられるようにして、アパートに帰るはめになった。

「おまえさ～、もう、ほんとありえねえ。だめだろ、あの態度は。そりゃ菜津美ちゃんだって、気を悪くするに決まってんよ。なんでもっと優しくできないかな。つか、離せよ！」

ふらついて歩きながら、登吾を突き放そうとするが、がっちり腕をつかまれている。

「優しくしてどうすんですか」

「は？　なに言ってんだよ。好きな人に優しくされれば、誰だって嬉しいもんだろ。そういう乙女心がわからないから、いつまでたっても彼女のひとりもできないんだよ」

登吾はゆっくり歩を進めながら、怪訝《けげん》そうに奎の顔をのぞき込んだ。

「けど、菜津美さんが好きなのって――」

「あ？」

奎はぽかんと口を開ける。登吾の様子から、やはり誤解していたのかと読み取れた。

「俺じゃないからな」

「――というか、ふたりはつき合ってるのかと思ってました」

「つき合ってねえよ」

奎が足を止めると登吾も止まった。腰を支えられたまま顔を見合わせる。

「それでおまえ、ずっと機嫌悪かったのか」

登吾は無言で目を大きくした。

「安心しろ。そこは大丈夫だから。菜津美ちゃんが好きなのはおまえだから」

「……俺？　なんで」

「いや、なんで、じゃなくてさ。本人がそう言ってるんだから。おまえに気があるんだって。だから俺があいだに入って、ふたりの仲を取り持とうとしてたわけよ」

登吾は一瞬、蔑《さげす》むような眼光を向けたのち、目を伏せてシニカルな笑いを浮かべた。

「……それ、一番厄介なパターンですね」

「おまえだって、菜津美ちゃん気になってんだろ？　つき合っちゃえよ」

「いやです」

「彼女ができればリア充の仲間入りだぞ！　欲求不満もなくなるって」

「全力で辞退します」

強い口調で即答する。こうまではっきり、拒否されるとは予想していなかった。

登吾のことだから、ただ面倒くさいだけなのか、それとも菜津美がタイプではないのか。

「せっかく気に入ってくれてんのに、おまえ、贅沢《ぜいたく》すぎるんじゃねえ?」

登吾は不服そうに口をへの字に曲げている。

「贅沢って……そういう問題ですか。俺は彼女のこと、なんとも思ってませんから。相手に気があるならなおさら、期待を持たせるのは失礼でしょ」

「けど、つき合ってるうちに、好きになっちゃうかもしれないだろ」

「ならないです」

珍しく一歩も引かない頑固さに、奎は思わず「はあ……」と深いため息がもれた。

「おいしい話だと思うけどな〜。俺だったらホイホイいっちゃうなあ」

「有坂さんをホイホイするのって、簡単なんですね」

「それこそ、関係ないだろ。つか、おまえさ、やっぱり、童貞?」

女の子とつき合った経験がないから、妙にかたくななのだろうか、と思っていたら、

「違います」

鼻で笑うように返答されて、気分が悪かった。自慢げな感じがしたからだ。

いつ、どこで、誰と初体験をすませたのか、聞きたいような気もするけれど、興味があると思われるのはいやだった。いつだって優位な立場にいるのは自分でありたい。

「あっそ。ふ〜ん、それはよかったな。俺も安心したわ。じゃ、登吾、おまえ、このまま自分

のアパート帰っていいぞ。俺はひとりで早く寝たいから」

突っぱねるように背を向けて歩きだす。それでも登吾は、少し離れた後ろからついてきた。ふらつく奎を支えることはないが、無言で見守るボディガードのようにつかず離れずだ。

子供のころもそうだった。ちょっとしたことでけんかになり、公園に登吾を置き去りにして自転車で帰ろうとしたら、泣きながら走って奎のあとを追いかけてきた。

気がつけば登吾はいつだって奎の近くにいる。それは、心地よい安心感だった。

結局は奎のアパートまでついてきて、今さら帰れと言うのも酷なので、当たり前のように部屋に入れた。そうなると、いつものごとく王様ぶってしまうのが、奎の悪い癖だ。

「登吾、アイス」

ベッドに腰かけて着替えながら指示する。登吾は無言で台所へ向かい、冷凍庫からアイスを取り出した。さきほど路上で口論したばかりでも、命じればいつもどおり従う。

「チョコバーでいいっすか」

「そう、それそれ！　サンキュー」

アイスの買い置きをしたばかりなので、種類は豊富にある。それでも、今一番食べたかったものを持ってきてくれる登吾に、さすがは十年来のつき合いだと気分が上がった。

「あー、そうだ、とーご、腰もんで。稽古の立ち回りがきいたなあ」

調子にのった奎はベッドでうつ伏せになり、アイスを食べながらそんなことまで言う。

「行儀悪いですよ」

それでも登吾は言われたとおり、奎の下半身をまたいで腰をマッサージした。

「おっ、……あぁ、うん、そこ、気持ちいい～」

本当は腰など痛めてはなかったけれど、甘やかされたい気分だったのだ。

「ここ？　気持ちいいんですか」

「うん、超いい～。おまえさ、料理もマッサージもうまいのな！」

「おだててもなにも出ませんから」

「アイス出てきたじゃん」

登吾の手が止まり、背中でかすかな笑いがもれる気配がした。

雰囲気が和んだところで、奎はこのままいけるんじゃないかと、軽い口調で蒸し返した。

「なあ、じゃあさ、菜津美ちゃんとちょっとお茶するぐらいならＯＫ？」

「どうしてそこまで、強くすすめてくるんですか」

露骨にいやそうな声で、指圧する力を強めた。

「だから、女の子の悲しむ顔は見たくないんだよ。それに、俺も彼女に『任せなよ！』と言っちゃった手前、男のメンツってのがあるしさー」

迷っているのか、登吾は押し黙ったまま、力加減を弱めた。半分ほど食べたチョコアイスはやわらかくなっていて、口の中に入れると甘みと冷たさが、とろりと舌の上に広がった。

「このアイス、激うま。おまえもあとで食ってけよ」

「――奎ちゃんは……それでもいいんですか」

「ん？　なにが」

ほんの数秒の間があったのち、登吾は念を押すようにはっきり口にした。

「俺が菜津美さんと食事にいって、もしつき合うようになっても」

「べつに、いいんじゃね」

マッサージの心地よさとアイスの甘さに気をとられ、上の空で答えたら登吾の手が止まった。

「あれ、終わり？　もっと続けろよ～」

上半身だけひねって振り返る。登吾は膝立《ひざだ》ちになったまま見下ろしていた。顔が怖い。

「俺は――」

真剣な顔で言いかけたものの、すっと視線を斜め下に外して、諦《あきら》めの色を浮かべた。

「俺に彼女ができたら、もう、……一番じゃないですよ」

「一番？　それって――」

なにが一番なのか。具体的にわからず、奎は目をぱちくりさせた。

「だから、恋人ができたら、そっちが優先だってことです」

登吾はなぜかばつが悪そうな態度で、訂正するように強い口調で言いきった。

「ご飯を作りにきたりとか、部屋の掃除や洗濯とか、夜中に電話でアイスを買ってこいとか、我がまま言われても、彼女と一緒だったら無理だってことです」

「あっ、なるほど、そういうことな！　まあ……普通はそうだよな」

「だから、それでも――、いいんですね？」

奎は黙り込んだ。

そういった状況が今まで一度もなかったので、想像がつかないのだ。登吾に彼女ができればいいと思ってはいたのに、いざ自分が後回しにされるとなると楽しくはない。

けれど――。

それも仕方がない。登吾がそうしたいと思うのなら、当然いやだとは言えない。

奎は仰向けになって起き上がった。互いにベッドの上であぐらをかいて向き合う。

「いいっていうか――俺がどうこう言える立場じゃねえよ。おまえが決めることだろ」

すると登吾は、むっとした顔で言い返してきた。

「ご飯は炊けない、洗濯物は色わけしない。酔っぱらった帰りに道ばたで寝たこともあるし。そんなんでひとりで、いろいろできるんですか。俺がいなきゃ、だめでしょ」

カチンときた。どれだけ生活能力ゼロだと思われているのか。

「俺だって、飯ぐらい炊けるって。水入れてスイッチ押せばいいんだろ」

「お米のとぎ方も知らないのに、ずさんなやり方が目に見えてるから、言ってるんです」

「おい、そんな言い方ないだろ」

「だって事実でしょ。俺は奎ちゃんのことだけで、手いっぱいなんですよ」

「……」

結局のところ奎がしっかりしないのに、恋愛にうつつを抜かす余裕などないということか。

「おまえ……まさか、俺のことを気にして彼女作んねえの？」

登吾は目を見開くと、居心地悪そうにして顔をそむけた。どうやら図星だったようだ。

「はっ？　マジかよ」

「べつに、そういうわけでは――」

つまり登吾にとって奎は、手のかかる面倒くさい相手だけど、古くからの先輩で義理があるからやむをえず、世話をやいているということだろう。

（――なんだよ、それ）

自分が足手まといになってるから、彼女を作れないと言われているようで腹が立った。

「あのさ、俺は――おまえがいなくても、やっていけるから！」

勢いに任せて吐き捨てると、登吾の表情がこわばった。

「おまえがしてくれるからやらないだけで、本気出せばできるんだよ！」

我ながら、子供っぽい理論で言いわけしているのはわかっていた。けれど、頭に血が上っていたので、冷静さを失いもう止まらなくなっていた。

「年下の野郎にそこまで心配されるほど、俺もクズじゃねえよ。放っといてくれ」

登吾はぼうぜんとしている。

「奎ちゃんは……俺が、いないほうがいいんですか」

ショックを受けたような、頼りない顔で身を乗り出してくる。そういう意味ではなかったし、いないほうがいいなんて思ったこともないけれど、引くに引けなくなっていた。

「そうだな、そっちのほうが都合いいかもな。俺だって、かわいい女の子にご飯作ってもらうほうが全然嬉しいし。彼女を作りたくても作れないのは、俺のほうだよ」

口に出してからすぐに後悔した。売り言葉に買い言葉で、心にもなく言いすぎてしまった。

登吾はまばたきもせずに、表情をなくして奎を見つめていた。けれどその目はうつろで、奎を通りこしてどこか遠くの景色を見ているようだった。

「……登吾？　大丈夫か」

肩にふれようとすると、登吾はふっと我に返り、自嘲《じちょう》の笑みをもらしてベッドから下りた。背を向けてしばらく立ち尽くす。こわばった背中が奎を拒んでいた。

「わかりました」

それだけ言うと、登吾は部屋から出ていった。

「――え」

なにがわかったのか。菜津美とつき合う、ということだろうか。いや、たぶんそれじゃない。おまえがいないほうがいいと言ったから、登吾は気分を悪くして帰ったのだ。

どうしよう。本気で怒らせてしまったかもしれない。追いかけてあやまるべきか――。

ベッドから下りかけたものの、寒さに身を震わせた。わざわざ着替えるのも億劫《おっくう》だ。

「明日、あやまればいっか」

しばらく時間がたてば、登吾の機嫌もなおるだろうと、高をくって布団に潜り込む。

今までも、ささいなことで言い争ったり、奎の我がままで気まずくなることも多々あったが、だいたい翌日の朝にはなにごともなかったような顔で、登吾は朝食を作りにきた。

だから、きっと今回もその程度だろうと、奎は考えていた。


翌朝になっても、登吾は奎のアパートに姿を見せなかった。連絡もない。

奎は朝食をとらないまま、大慌てでコンビニのバイトに出かけた。昨晩、アラームをセットするのを忘れてしまっていたので、もう少しで寝過ごして遅刻するところだったのだ。

いつもなら、当たり前のように登吾がやってくれるから、うっかりしていた。

（――あいつ、よほど怒ってるのかな……）

店で品出しの作業をしながらも、つい登吾のことばかり考えてしまう。

今日は早番だったので、仕事は四時までだ。そのあいだ登吾からは、メールもラインもこなかった。こっちから連絡しようかとためらったが、夜には会えるだろうと思ってやめた。

アパートに帰って、ドアノブを回そうとして手が止まる。鍵がかかっている。

登吾が奎の部屋にきて夕飯を作っているときは、鍵があいたままになっているのだ。

暗い部屋に入って電気をつける。中を確認しても、不在中に登吾がきたような形跡はない。脱ぎっぱなしになったスウェットが、こたつの横で丸まっている。

冷蔵庫を開けても、夕飯が作り置きされているわけでもない。もしかしたら、今日は昼間に単発のバイトがあって、そのままマサにいったのかもしれない。

登吾が気になりながらも台本を読み込んでいたら、いつの間にか時間がたっていた。空腹を感じて、夕飯を食べていないことを思い出す。

ご飯がなかったのでカップ麺《めん》と、残りもののポテトサラダと肉じゃがを取り出した。

(――登吾、晩ご飯、どうしたのかな……)

カップ麺にお湯をそそぎながら、ふと心配になる。奎にあわせて早めに夕飯を作ってくれているが、『マサ坊』でも手のあいたときに、まかないを食べてはいるようだ。

肉じゃがとポテトサラダは、登吾のぶんを残してラップをかけた。それでも、大盛りカップ麺のおかげで腹は膨れたが、味気ない夕飯で終わった。

テレビを見ながら、一度は携帯を持ってキーを叩いたものの、謝罪するのならメールとかじゃなくて、きちんと顔を見てのほうがいいだろうと、途中で消してしまった。

そして――。

二日、三日たっても、登吾からは連絡がなかった。舞台の稽古場にも現れない。言いすぎたことは反省していたので、奎から会いにアパートにもいこうとした。けれど、怒って避けられているのなら逆効果になるかと思い、ドアの前でためらった。

そのあいだ、自分だってやればできるんだと安心させたくて、慣れない自炊にも挑戦した。ご飯は水加減を失敗してべちょべちょになってしまい、卵焼きは焦げてしまったが、いつ登吾がきてもいいようにふたりぶん作った。掃除も洗濯も、アイロンがけまでがんばった。

けれど五日ともなれば、さすがに奎もまいってきた。

今まで奎のほうから連絡を絶つことはあっても、登吾からなんてはじめてだ。自分が悪いとわかってはいるが、そこまで引きずることなのかと、釈然としなかった。

心の片隅では、登吾の作ったおいしい肉豆腐が食べたい、という葛藤もある。先日のマサでの飲み会も、菜津美が気を遣って欠席したので、奎も誘いを断ってしまった。

知らぬ間にストレスが溜まり、体調管理を怠ったせいで、とうとう風邪をひいてしまった。

コンビニでレジを打ちを終えた奎は、くしゃみをひとつする。

「有坂さーん、ほんと、平気ですかぁ？」

風邪、かなりひどいんじゃないですかー、とバイト先の女の子に心配までされてしまう。

「あ、ううん、ごめんね。大丈夫、たいしたことないから」

マスクをした奎は、フライヤーの周囲を掃除しながら笑顔で答える。

本当は微熱があったのだ。まだ風邪の初期段階なので、市販の薬を飲んで通常どおり出てきたが、休みたくても人が足りてないので、どちらにしろ言いだしにくかった。

「お芝居の稽古も、大変そうですねえ。がんばってくださいー」

「ありがとう。また次もよかったら観にきてよ」

奎が劇団員だということは、バイト仲間は全員知っていて、たまに舞台も観にきてくれる。ただ、今日の舞台稽古は大事をとって控えることにした。立ち稽古は体力を使うし汗もかく。ここで無理をして、風邪を悪化させては元も子もない。早く治すのが先決だ。

なんとか夕方まで乗り切って、バックヤードで制服を脱ぐと、自然とため息がもれた。

「疲れた……」

無性に登吾の手料理が食べたかった。

あまり食欲はなかったけれど、登吾が作ってくれたものならなんでも食べられる気がした。意地を張るのもここまでだと、奎は限界を感じた。登吾に電話をしよう。

そして部屋に呼びつけてご飯を作らせる。命じれば、いやいやでも作ってくれるはずだ。登吾が言った、『俺がいなきゃ、だめでしょ』を自ら認めることになるけれど、『はい、そのとおりです、ごめんなさい』と素直に頭を下げたい気分だった。

バイト先のコンビニは駅の反対側にあり、近年の再開発により繁華街としてはにぎやかだ。春休みに入ったからか、高校生ぐらいの男女があちこちでたむろしている。

駅の構内を通り抜けると、奎がお気に入りの、ひなびた商店街と住宅地が広がる。個性的で奇抜な服装をした若者たちが、小劇場の前で並んでいるのを見て胸が躍った。

（ああ……いいな）

なぜか、登吾に早く会いたい、と思った。見たもの感じたこと、いろんなことを話したい。せっかくすぐ近くに住んでいるのに、会わないのがばかばかしく思えてきた。

たった五日でも、この街ではいろんなことが起きている。

熱があるせいか、ほどよく感傷的な気分に浸りながら、アパートへの帰り道を急いだ。コーヒーショップの前を通りかかったとき、窓際の席に登吾と菜津美の姿を見かけた。

「――えっ、嘘」

思わず声が出てしまい足を止める。そのまま素通りすることができなくて、ふたりに気づかれない場所へと移動した。そこで遠巻きにふたりの様子をうかがった。

なにを話しているのかは聞こえないけれど、菜津美は頰《ほお》を赤らめて楽しそうに笑っている。向き合って座った登吾までが、見たこともないようなおだやかな顔で目を細めている。

「……」

ふたりがこっそり会っているのも驚きだったけれど、登吾があんなふうに笑ってる姿なんてはじめて見た。奎はまばたきをするのも忘れて、しばらくふたりに釘《くぎ》づけになる。

コーヒーを飲みながら談笑するふたりは、美男美女でお似合いのカップルに思えた。

（あっ、そっか。そういうことか……）

今になって納得がいった。ふたりは本当につき合うことにしたのだろう。

あの夜は意固地になっていた登吾も、あとになって先輩の顔を立てようと、考え直したのかもしれない。去り際に言った「わかりました」も、やはりそういう意図だったのだ。

「……ふっ」

思わず乾いた笑いがもれた。あの夜、登吾が言った言葉を思い返す。

――俺に彼女ができたら、もう、……一番じゃないですよ。

――恋人ができたら、そっちが優先だってことです。

つまりはそういうことだ。

登吾は怒って根に持っていたのではなく、菜津美との時間を優先していたから、奎に会いにこなかっただけだ。ご飯を作りにくるのも無理だから、そうはっきり言っていたのに――。

おまえが決めることだろ、俺は登吾がいなくてもやっていける、と言ったのは、奎自身だ。

それなのになにを期待しようとしていたのか。滑稽《こっけい》さが身にしみて自分がばかに思えた。

（――帰ろう）

とぼとぼと歩きだす。ついさっきまでは逸《はや》る気持ちだったのに、急に足が重くなった。

帰っても登吾は部屋にいないし、食事を作りにもこない。

（なんだろう、この感じ……）

coffee

奎から、菜津美との交際を強くすすめておきながら、実際にふたりが一緒にいる姿を見ると、かなりの衝撃だった。自分にさえ見せない顔を、菜津美に見せていたのが悔しかった。

思い浮かべるだけで、胸の奥がひきつれて苦しくなる。

寂しいような、腹立たしいような。ふたりを応援しようという気持ちとはほど遠い。

そんな自分にさらに苛つく。ほかのことを考えようとしても、心が引きずられてしまう。

こんな感覚ははじめてで、奎は自分をもてあましつつ、アパートに着いた。

登吾を呼びつけて、ご飯を作らせるつもりだったので、なにも買ってこなかった。電話しようと思っていたけれど、そんな気持ちもきれいさっぱり消えた。

ふと、小劇場の前にできていた列が頭に浮かんだ。そうだ、憂さ晴らしに舞台を観にいこうと思い立つ。そうと決めたら、少しは気持ちが浮上した。

芝居を観ているあいだは、どんないやなことも忘れられる。笑って泣いて、すっきりできる。そこが舞台の素晴らしいところだ。

早く、早く、忘れたい。あのふたりの笑顔を、脳裏から追い出したい。

そんな思いで財布をもって出かけようとしたら、テーブルに置いたままの携帯電話が鳴った。

着信を確認すると、先日受けた、演劇ユニット『@』の運営事務所からだった。

もしや、と思いつつ電話に出ると、予想どおり合否の連絡だった。

「はい、こちらこそ、お世話になりました。いえ、ありがとうございます」

事務的な挨拶からはじまり、奎の脚本の解釈はおもしろく、演出家も芝居を評価していると、前置きが長い。その段階ですでにいやな予感はしていた。

『ですが、今回は非常に残念ながら――』

予想どおり、ご縁がなかったとしめくくられた。落ちた。

「それで、あの――」

電話を切る直前に合格者は誰なのか尋ねたところ、これも思ったとおりの名前が出てきた。

父親がテレビドラマで活躍している、二世タレントの新人男性だ。最近、バラエティ番組に出てきて、これから本格的にドラマや舞台で売り出そうとしているのはわかっていた。

最終選考のオーディションに突然現れ、歌やダンスはうまくても演技は微妙だった。誰もがある懸念はしていた。そうしたら案の定、帰り際に『できレース』という噂を耳にした。

よくあることなので、またか、という気分ではあったが、『@』の演出家は奎が個人的に尊敬している人なので、かなり落胆した。舞台を観に出かける気力もなくなった。

「――ったく、今日は厄日かよ」

なにもかもがいやになり、ベッドに倒れ込む。天井を睨みつけた。

日本に劇団は、大小あわせて二万ぐらいあるといわれている。その中でもトップ集団に入る劇団において、実力だけで主役を勝ち取るのは、無理な話だとわかってはいるのだ。

コネや運も実力のうち。親の七光りを利用しない手はない。

わかっていても、むしゃくしゃする。

「くっそ……」

寝返りを打ち、背中を丸めた。一気に熱が上がってきたような気がする。

――今すぐ、登吾に会いたい。

衝動的にそんな思いが込み上げた。一度わいた熱い思いは、どんどん膨れ上がっていく。

登吾の顔が見たい。話を聞いてほしい。

『――大丈夫、舞台で一番輝いているのは、奎ちゃんですよ』

そう言って、笑ってほしい。

「とーご……」

我知らず、声に出して名前を読んでいた。

正直なことを言うと、登吾が昔ながらの言い方で、「奎ちゃん」と呼ぶのが嫌いではない。

いや、むしろ好きなのだ。ただ、大人になった今では、人前だと照れがある。

それに、登吾に「奎ちゃん」と呼ばれるたびに、奎が東京《とうきょう》で必死で身につけてきた、自分を守るための鎧《よろい》が、一枚一枚はがされていく気分になる。最後に丸裸にされるのが怖いのだ。

登吾にはなにも隠せない。でも、登吾は隠れて菜津美と会っていた。

登吾にとって奎は、もう一番ではないからだ。

今になって奎は、「おまえがいなくてもやっていける」と言ったことを後悔していた。こんなことなら意地を張らなきゃよかった。今ほど、ひとりでいるのが心細いと思ったことはない。

登吾に会いたい。登吾にそばにいてほしい。そんな気持ちばかりが募る。

目を閉じたら、まぶたの裏に登吾と菜津美の姿が浮かんできた。笑顔のふたり。

胸の奥がひどく痛い。

その姿を強引に焼き消して、発熱と体のだるさに身をゆだねた。なにも考えたくない。

徐々に意識が遠ざかり、奎は深い眠りに落ちていた。

夢は見なかった。


どれぐらい眠っていたのか、台所の水音で目が覚めた。

（あれ、俺、いつの間に――）

台所に電気がついている。流し台の前に、見慣れた男の背中があった。

「と……登吾、なにやってんだよ」

上体を起こすと、軽く頭痛がした。体が汗ばんで気持ち悪い。

「ああ、起きたんですね」

溜まった洗い物をしながら、首だけひねって振り返る。部屋の中も片づけられていた。

「おまえ、菜津美ちゃん、どうしたんだよ。夕方、会ってたんじゃねえの？」

まっさきに気になったのがそれで、口にしてからしまったと焦った。

「なんで、知ってるんですか」

思ったとおり、訝《いぶか》しい顔つきでこちらへやってくる。

「それは……いやまあ、偶然見ちゃったからさ」

登吾は複雑そうな表情で黙り込んだ。返す言葉に困っている様子だ。

奎だって今となっては、それほど喜べなかったのだが、ここは祝福すべきだろう。

「まあ、これで俺も安心したよ。おまえもさ、隅に置けないつーか、嬉しそうな顔して――」

「いい加減にしてください。ほんと、怒りますよ」

すでに怒ったような目つきで睨んできて、奎はわけがわからなくなる。

「だから、そんなんじゃないです。こないだのこと――、俺の態度が悪かったっていうから、そうかなって反省して、彼女に会ってあやまってただけです」

「えっ、そうなの？」

奎は目をぱちくりさせる。それじゃあ――。

「デートじゃないのか？」

「違います。それに、彼女には申し訳ないけど……、はっきりさせといたほうがいいと思って、俺にはその気がないからって、伝えました」

「――あ、そうなんだ……」

顔を伏せて、かけ布団をぎゅっと握る。早とちりだったのが恥ずかしい。そしてなにより、その事実を知って、すごくほっとしている自分に戸惑った。

菜津美のことを考えると、喜んでなんかいられないのに、なんだか嬉しい。

それならば——、もしかしたら自分はまだ、登吾の一番でいられるのかもしれない。

そう思ったら肩の力が抜けて、口元がゆるんだ。

「よかったぁ～……」

安堵《あんど》のため息とともに、思わずそうつぶやいてしまって、はっとする。

「い、いや違う、よかったじゃない、よかったじゃないから……！」

ぶんぶんと頭を振って否定する。登吾はくすっと笑いながら、奎を見下ろした。

「どっちなんですか」

「どっちでもない！　でも、そのわりには——」

探るような目で見上げると登吾は、「なんですか」と眉《まゆ》をひそめた。

「ふたりともすげえ、楽しそうだったぞ。おまえなんか、超笑っててびっくりしたよ」

「あれは——」

体裁が悪くなったのか、目をそらしながらも言い続けた。

「菜津美さんが、俺たちの子供のころの話を聞きたいって言うから……。奎ちゃんが、電柱役の特訓中に、犬におしっこかけられた話をしたらウケて。それで盛り上がってたんです」

「はい？　お、おまえ――なんで俺の黒歴史を話すんだよ！」

登吾は腰に両手をあてて身を乗り出すと、得意げな様子で笑みをにじませた。

「だって、本当のことだから」

「うわー、おまえ、ときどき怖いわー。もう、奎ちゃん誰も信じない！」

芝居がかった身ぶりで、布団を頭までかけてベッドに潜り込む。登吾が近づく気配がする。

「それよりも、おかゆ作りましたけど、食べますか？」

布団をかぶった耳元に、ささやくような声。奎はかっと目を見開いた。

「食べる！」

慌ててかけ布団をはいで起き上がると、登吾は満足そうにうっすら笑みを浮かべた。

「思いのほか、元気そうでよかったです」

「あ、もしかして、俺が風邪ひいたの知ってて――」

「あのあと、稽古場にいったら、溝口さんがそう言ってたから、気になって」

「ああ……そっか、ありがとな」

胸の奥がじんわりと温かくなる。それで心配してわざわざ様子を見にきてくれたのだ。

「じゃあ、すぐに温めなおすから、待っててください」

「おう、待ってる！」

ベッドから飛び降りて、こたつの前で正座して待機する。

熱があることも忘れて急に腹が減ってきた。登吾の背中をながめながらそわそわして待つ。

——嬉しい。登吾が部屋にきてくれた。顔がにやけて仕方がない。

「あれ、そういや店は？　まだ終わってないだろ」

「今日は臨時休業です。マサさん、女将《おかみ》さんと温泉旅行いくみたいで」

「へぇ、そうなんだ。やるなぁ～」

「具合悪いなら、電話してくれればよかったのに。どうせ、ちゃんと食べてないんでしょ」

「いやまあ、そうなんだけど——」

ふたりの邪魔をしては悪いと思ったし、あの夜、偉そうに言ったわりに、結局は登吾に頼るはめになってしまい、年上の威厳もなにもあったもんじゃない。

「できました。どうぞ」

こたつのテーブルの上に、お盆にのせたまま、ひとり用の鍋が置かれた。

「う、わあぁ～……超うまそう！」

白い湯気が立ちのぼったおかゆをのぞき込む。たまごと小松菜と塩昆布が入っている。

「俺、塩昆布大好きなんだよ～」

見た目からしても、胃に優しそうだ。つけあわせの小鉢には、なすときゅうりの漬け物。

鶏ガラスープの香りがさらに食欲を刺激した。早々にれんげを持って手を合わせる。

「いっただきまーす」

「火傷《やけど》、気をつけてくださいよ」

れんげで少し冷ましてから、口の中に入れた。熱そうに思えてちょうど食べやすい温度だ。

「うん、大丈夫、うまい！　たまご、超ふわっふわっ。ご飯もとろける〜」

思わず、片手で頬を押さえた。頬が落ちそうなうまさとは、まさにこのことだ。

この数日、冷凍ピラフとカップ麺を交互に食べていて、さすがに飽きていた。ようやく念願の登吾の手料理が食べられて、それがおかゆでも、高級料理に匹敵するぐらいうまかった。

「塩昆布って、おにぎりの具にもいいけど、おかゆに入れてもあうな。マサの昆布巻きも最高だよなー。てか、俺が昆布好きなの、おまえ知ってんじゃん」

「知ってます。だから、です」

「あ、そっか……」

そうだ、登吾はいつだって奎が好きなものを作ってくれる。口に出さなくても、食べたいものが出てくる。奎が喜ぶだろうと思って、それだけ気を遣ってくれているのだ。

(俺はいつも、我がまま言うばっかりなのに……)

今回の一件だって、登吾はきっと腹を立てていたに違いない。奎に対しての文句だって山ほどあるはずなのに、そんなことひと言も言わずに、逆に奎の体調を心配してくれている。

どうしてそこまで、してくれるのか。そんな価値が自分にはあるのか。

彼女を作れと、奎のほうからごり押ししていながら、実際はいないほうが都合がいいのだ。

自分の身勝手さを今になって思い知り、自己嫌悪でいっぱいになる。

顔を伏せると湯気のせいか、おかゆの鍋が歪《ゆが》んで見えなくなった。

「奎ちゃん、大丈夫？　火傷した？　水、持ってきますね」

登吾は気をきかせて台所に水を取りにいった。

（——登吾は……いつだって俺に優しい……）

まばたきしたら、大粒の涙がぽたんと鍋に落ちて、自分でも『えっ、嘘だろ！』と慌てた。

登吾には見られていなかったので、急いで手の甲でこすって、おかゆをばくばく口に運んだ。

「ほんと、このおかゆうまいよー。おまえマジで天才。マサの次期、店長だな！」

「具合が悪いわりに、よくしゃべりますね。風邪、よくなったんですか」

テーブルに水の入ったコップを置きながら、やや呆《あき》れた口調だ。

「登吾の顔見たら——熱なんかどっかにふっ飛んだよ」

顔を上げて歯を見せてにかっと笑う。事実だった。今夜は絶対に会えないと思っていたから、自分でも不思議なぐらいハイテンションで、気分が高揚していた。

「すげえ、会いたかったからさ」

「……それ、反則だよ」

登吾は片手で顔を覆うと、小さな声でぼそっとこぼして、そのまま固まった。

「え、なに、よく聞こえなかった」

「いや、なんでもないです」

すぐさま立ち上がると、奎の携帯電話を手にして、「アラーム何時?」と聞いてくる。

「明日は遅番だからいいや。起きたら病院いってくるよ」

「じゃ、保険証出しとくから、忘れないでください。俺、明日は朝一からバイトなんで、朝ご飯はおにぎり作って置いておきますから」

「うん、ありがとう。いいよ、無理しなくても」

保険証のありかまで知られているのもどうかと思うが、奎が請求書や重要な書類などを平気でなくしたりしていたので、登吾がひとつにまとめて管理してくれたのだ。

そういえば、肝心なことを伝えていなかったのを思い出して、食べる手を止めた。

「あのさ、こないだは——いろいろ言いすぎて、悪かったよ。……ごめんな」

貴重品が入った箱を取り出していた登吾は、すぐさま振り返る。

「奎ちゃんが、あやまらなくても、俺が——」

「だって、おまえ怒ってたから、しばらく俺んとここなかったんだろ?」

「違う」

登吾は箱をこたつの横に置くと、正面に座り直した。

「そうじゃないです。奎ちゃんが……もう、俺の顔は見たくないかと思って……」

「なっ……そんなことないって! だから、ほんとごめん。反省してる」

頭の上で両手を合わせると、登吾は驚いて目を見開いた。

「おまえが、いないほうがいいなんて、絶対思ってないから。いないと困るし」

「あ……いえ、俺こそ、意地悪なこと言ってすみません。俺は怒ってたんじゃなくて――」

気まずそうに視線を泳がせたのち、顔をうつむかせた。

「奎ちゃんが言ってたこと、半分はあってたから……。なんか、顔を合わせにくくて」

「半分あってた？」

「俺が……奎ちゃんのそばにいるから、彼女ができないって――」

「てかさ、おまえ、さっきからずーっと『奎ちゃん』って呼んでるよな」

今になって気がついて指摘すると、登吾はまずい、という体で肩をすぼめた。

「数日ぶりに会ったから、つい」

「あー、うん、そうだな。俺ももう、いいけどな」

「えっ、いいんですか」

嬉しそうな声を出して顔を上げる。わかりやすいな、と笑いそうになった。

「まあ、ずっとそうだったたし、おまえはそのほうが呼びやすいんだろ？」

登吾は目を大きくすると、こくこくとうなずいた。子供のときのように目が輝いている。

「無理してんのはわかってたし。なんかもう、いちいち言うのも面倒だしさ。だから、ふたりきりのときだけは許す。けど！　稽古場とか、人前では絶対やめろよ」

「――了解です」

背筋をぴんと伸ばして、敬礼でもしそうな勢いだ。

かしこまった姿がおかしくて、「ばかなのかよ」と、たまらず口角に笑いがにじんだ。

「腹もいっぱいになったし、もう寝るから。おまえも帰れ」

おかゆを平らげて薬を飲むと、ベッドに潜り込んだ。登吾と話せてほっとしたのと、正直な気持ちを伝えて気恥ずかしいのと、なにより風邪をうつしたくなかった。

「わかりました」

今夜の『わかりました』は、とても優しい響きがあった。

「最後に、これだけ」

そう言いながら奎の額に、熱冷ましのシートを丁寧に貼った。ひんやりして気持ちいい。

目の前まで迫った登吾の真剣な顔を見上げて、奎は胸の奥がざわついた。

嬉しいのとは違う、自分でもよくわからない気持ちだ。

「登吾――、どうしておまえ、俺なんかに、こんなよくしてくれんの？」

気がついたら、そう聞いていた。登吾は息がかかる近さで、顔をのぞき込んでくる。

視線がぶつかった。そのまま無言で見つめ合う。鼓動がわずかに速まってきた。

「……言わないと、わかんないですか」

ひどく感情を抑えた、それでいて重くのしかかるような声だった。

「登吾……」

奎も最近になって、考えるようになった。でも、答えを出さないようにしてきた。いじめっ子から助けてくれた幼なじみだから。昔から逆らえない先輩だから。奎がなにもできなくて放っておけないから。奎の母親にこっそり頼まれたから――。

だから、仕方なくしている、というのが聞きたくなかった。

「いや、いい」

顔をそむけて制止すると、登吾は一瞬表情を曇らせたが、薄い笑みを浮かべて目を伏せた。

「そういえば、オーディションの結果、そろそろですよね。どうでしたか」

まるで見ていたかのようなタイミングで聞かれて、こいつは鬼かよと内心で突っ込んだ。

「だめだった」

「――だめ？」

「だから、落ちた、不合格。『厳選なる審査の結果』、残念ながらご縁がなかったたってことだ。俺の力不足だけどな。また次にかけるよ」

もっといろいろ愚痴りたいことはあったけれど、それ以上は言わずに黙っていた。

すると、登吾の手がすっと伸びてきて、なぐさめるように奎の頭をなでた。

その瞬間、どきりとした。ふれた手から登吾の思いが流れ込んできた気がした。口にはしなかったけれど、登吾は事情を全部わかっているような、そんな優しいさわり方だった。

「おまえ……」

「大丈夫、奎ちゃんならもっと大きなチャンスがありますよ。俺は奎ちゃんの芝居――大好きだから。その審査員は見る目がなかったんだ。いつか見返してやればいい」

励ますように、屈託のない顔で笑う。久しぶりに見る登吾の笑顔に、胸が打ちふるえた。

(や、やばい……)

鳥肌が立ち、喉《のど》の奥から熱いものが込み上げてくる。とっさに布団を頭の上までかけた。

涙がにじんできて、まぶたを強く閉じる。せつない気持ちが、心の中いっぱいに広がった。

(なんでだよ、なんで今――)

そんなふうに言うのか。奎が一番ほしいと思っていた言葉をくれるのか。

「……奎ちゃん?」

「う、うっせえ……黙ってろ」

泣くほど嬉しいのに、得体の知れない不安とやるせない思いが入り混じる。

登吾のなんでもない言葉ひとつで、身にまとった鎧がはがされて、裸にされてしまう。

弱々しい姿や、情けない自分を見せたくないのに、登吾の前では演じることができない。

「奎ちゃん、平気?」

ふれてはこないけれど、心配そうな顔で見下ろしているのが目に浮かぶ。

涙を拭いて気持ちを落ち着かせると、「ん、大丈夫」と、布団の中で笑顔を作った。

「もう寝るから、登吾も帰れよ。明日、朝早いんだろ。ありがとな」

顔を出して明るい声で言うと、登吾は立ち上がって、うん、と小さく答えた。

「風邪、早くなおるといいね」

おやすみなさい、と部屋から出ていった。ドアが閉まるのと同時に深く息をつく。

「はー……やっちまった」

不覚にも泣いてしまった。登吾には見られてないけれど、たぶん気がついたはずだ。

小さいときから、一度も登吾の前で泣いたことなんてない。もちろん、泣きたくなるようなことはあったけれど、自分が泣いてしまうと、登吾が泣けなくなるような気がして我慢した。

年上だから、先輩だから、登吾より強くなきゃいけない。登吾を守ってやらなきゃ。

子供のころからそう思ってた。だけど——。

今夜は登吾の優しさに助けられ、守られた。ひとりじゃない。

それは、とても幸せなことなのに、自分の弱さを思い知らされたようで、ため息が出る。

「——とーご、俺さぁ……、おまえがいないとだめみたい」

自覚した途端、口から自然ともれていた。

両腕で顔を覆い隠すと、登吾の笑顔が脳裏に浮かんだ。

目をぎゅっと閉じて、はにかんだような笑い顔。子供のころから少しも変わらない。

このさきずっと、登吾の一番でいられたらいいのにと、そう願わずにはいられなかった。

＊＊＊

春の公演を来月に控えて、小道具を使った通し稽古にも熱が入ってきた。

チラシの折り込みやＤＭの発送も終えて、チケットの売れ行きも好調な出だしだ。大道具や照明、音響、衣装制作など、裏方スタッフも慌ただしくなっている。

『闇サン』では、専属のスタッフと友人のボランティアなどに協力してもらっているが、本番当日の指揮をとる舞台監督はプロにお願いしていた。

登吾は裏方といっても現場の応援スタッフなので、小屋入りの仕込みを手伝ったり、当日の受付や客入れが主な仕事だ。公演終了後の客出しや、バラシなどの作業もおこなう。

その日、奎と溝口と関は稽古のあいまに、演出について話をつめていた。

「じゃあ、ここで暗転して、上手《かみて》の照明を『侍』にあてる？」

開いた台本にペンでチェックしながら、溝口は奎と関に確認をとる。

「俺は、そのほうがいいと思う。ここのタイミングだと、こいつも動きやすいだろ」

関に指差された奎は、「はい」と首肯する。

「そうだね。じゃあ、そうしよう」

「溝口、あとこの、滝本がはけるところだけど——」

関と溝口は大学の演劇サークルの先輩後輩だけあって、信頼関係ができている。互いの考えを尊重しつつ、ときには遠慮なく厳しい意見も言う。そんなふたりを奎は尊敬していた。

「ところで有坂くん、『@』のオーディションは残念だったね……」

関がトイレにいってふたりになると、溝口が小声で気の毒そうに言った。

「どうして知ってるんですか」

合否の連絡があったのは一週間も前だけれど、なんとなく言いだせないままだったのだ。

「いやね、僕の知り合いの劇団員も受けてたらしいんだよ。それで、帰りがけによくない噂を耳にしたみたいで――」

言い渋る様子に、ぴんときた。

「あ、大丈夫です。それ、俺も聞きましたから、気を遣わないでください」

「そっか、やっぱり知ってたんだ……」

溝口は『できレース』の件を気にかけて、奎に同情しているようだ。

「しょうがないですよ。この業界では珍しいことじゃないし」

「僕は個人的に、『@』の舞台で名を馳《は》せる有坂くんを、すごく期待してたんだよ。それだけの実力はあると思ってるから。だから、ほんと残念で……」

「ありがとうございます！　また次のチャンスを狙《ねら》います。くじけません！」

「前向きだね」

「それだけが取り柄ですから」

明るく笑うと、溝口もつられたように笑顔になって、「いいことだよ」とうなずいた。

「それと、これは有坂くんに言うべきかどうか、迷ったんだけど……」

「なんですか」

「実は『@』の演出家の大河内《おおこうち》さんが、先日うちの舞台稽古の見学にきて――」

「えぇっ！　ほ、ほんとですか？　それ、いつですか」

「有坂くんが風邪をひいて休んでたときだよ。当日、連絡はあったんだけど、まさか本当に本人がくるとは思ってなくて、こっちもびっくりしたよ」

「あの日ですか！　でも、なんでわざわざ、大河内さんのような人がうちの稽古を……」

「それが――」

大河内は以前から小劇場巡りに力を入れており、新人役者の発掘もかねてお忍びで舞台観劇を続けていたようだ。それでたまたま、『闇サン』の前回公演を観たのだった。

奎が主役のサラリーマンを演じていて、自分でも満足のいくできだったと自負している。

どうやらその公演で、奎に関心を持ったようだった。

「有坂くんがいないとわかると、残念そうにしてたから。なにか用があったんだと思うよ」

「お、俺に……？」

でも、オーディションは落ちたし、しかも『できレース』で、今さらなんだろうという不信感が募るばかりだ。溝口も疑わしく思い、しばらく言えないでいたようだ。

「有坂くんのことをいろいろ聞かれたんだけど、もちろん教えなかったよ」

「あ、はい、ありがとうございます」

途中で関が戻ってきたので、溝口は気を遣って舞台演出の話へと切り替えた。

それにしても、大河内が自分になんの用があったのか気になる。

そういえばあの番号――。

数日前から、知らない電話番号で何度か着信があったのだが、出ないようにしていた。

もしかしたら、大河内だったのだろうか。

稽古の休憩中にそんなことを考えていたら、滝本が水を飲みながら近づいてきた。

「今日は登吾さん、こないんですか」

「――え、ああ、うん、そうだね。最近、ずっと昼間もバイトやってるから」

なにかあるの？　と目をまばたくと、滝本はメガネのブリッジを押し上げて言った。

「登吾さんって、なにげに女子力高いですよね。差し入れに外れないし、料理だってできちゃうし。あのお弁当、俺、はじめて食べたとき、カンドーしましたもん」

以前は、公演中の食事は仕出し弁当だったが、登吾が入ってからは手作り弁当になったのだ。

「あー、さてはタッキー、お腹すいた？　差し入れがめあてだな」

「ばれましたか」

頭をかきながら笑う滝本に、「この時間はそうなるよね〜」と、奎も笑顔で同意する。

今日は昼からぶっ通しの稽古で、夕方になると間違いなく腹が減る。だいたいみんな軽いおやつを持参しているが、登吾の差し入れのチョイスが絶妙なので期待してしまうのだ。

「それにしても登吾さんって、なんで裏方なんですか？　背も高いし、舞台に立ったらすごく映えそうなのに。俺があの外見だったら、彼女ともっと上手くいってるだろうなあ」

滝本は小柄なのがコンプレックスで、登吾と同い年ということもあり、前々からうらやむ気持ちが強い。菜津美もそうだが、みんな登吾に対しては宝の持ち腐れのように思っている。

けれど周りがどう思おうが、本人にまったくその気がないので、わずらわしいだけなのだ。

「あいつ、今でこそ図太いけど、子供のころはナイーブでさ。小学校の学芸会も緊張しまくりで、セリフは全部ぶっ飛ぶし、舞台のセンターで真っ赤になって震えてたんだよ」

「へえ〜、想像つかないですね」

菜津美に話さなかったのは、登吾のイメージを崩すのが悪いと思ったからだ。

そのとき奎は、泣き出しそうな登吾を見ていられなくて、たまらず舞台に上がっていた。学年も違うのに飛び入り参加して、アドリブで演じつつ登吾を舞台袖《そで》まで連れていったのだ。

「まあ、それがトラウマになってるみたいで、人前に立つのが嫌いなんだよな」

「登吾さんにも、弱点はあるんですねえ……」

「そりゃあ、誰にだってあるよ。俺たちみたいに、表現することが大好きな人間のほうが少ないだろうし。それに芝居は才能っていうより、どんだけ好きかだと思うから」

「それ、わかります！」

滝本は急に食いついてきて、早口でまくしたてた。

「俺、毎回、自分の芝居の下手《へた》さにへコむけど、でも演じることが最高に好きなんです！」

満面の笑みになる。滝本のこういう舞台への情熱が、かわいいと思うところだ。

滝本にかぎらず、『闇サン』に集まった者たちは、芝居が好きで好きで仕方がないのだ。

「なるほどなあ。それでスカウトもいやがってたんですね」

「――ん？　スカウトってなんのこと？」

「あれ、有坂さん知らないんですか。あ、そっか、あのときスタッフしかいなかったから」

滝本の話によると、前回の公演で登吾が客入れをしている最中に、観客としてきていた芸能プロの女性社長から、モデルをやってみないかと、声をかけられていたようだ。

登吾はその場ですぐに断ったが、その社長の押しが強く強引に名刺を渡されていた。

「それが『アックス』で、今勢いありますよね」

大手ではないが、若者向け雑誌の人気モデルやタレントが所属する中堅どころだ。最近ではグラビアからバラエティ、ＣＭと、活躍の場を広げていくプロモーションに定評がある。

実力派の俳優はいないけれど、モデル業界では力のある新人を多く輩出している。

「アックスっていえば――」

奎が心に引っかかったのは、その女性社長が大河内の妻、大河内加奈《かな》だということだ。名高い演出家と、やり手の女社長は、おしどり夫婦としても業界では有名だった。

つまり、大河内は夫婦で『闇サン』の公演を観にきていて、たまたま加奈の目に留まったのが、皮肉なことに役者ではなく、裏方の登吾だったのだ。

その日、舞台でスポットライトを浴びて、主役を演じていた奎としては複雑な心境だった。

奎も東京に出てきて何度か、芸能プロから声をかけられたことはあったが、どこもうさんくさい会社だった。それに、テレビや雑誌より、舞台のことしか頭になかった。

モデルと俳優では畑が違うものの、『アックス』の社長ほどになれば、見極める能力に間違いはないだろう。仏頂面の登吾でも、磨けば光る原石のように見えたのかもしれない。

けして、登吾より自分が見劣りしたとは思っていないけれど、奎にはない魅力が登吾にあったのだとしたら、それはなんだったのか。役者として気になるところだった。

(あいつ、なんで俺に黙ってたんだろ……)

わざわざ自慢して話すようなタイプではないけれど——。

もし、変な気を回しているのだとしたら、あまり気分がいいものではなかった。

自分でもよくわからない、じれったさというか、苛立たしい気持ちが胸の奥底にわいた。

「では、そろそろ再開するね。みんな、準備はいいかな」

溝口が手を叩きながら合図する。その音にはっとした奎は瞬時にスイッチが切り替わった。

これぐらいのことで、気持ちを乱されるわけにはいかない。

自分のやるべきことを、やるだけだ。

後半の通し稽古で、セリフを口にした瞬間、奎は奎でなくなった。

『――はっ、身のほど知らずで片腹痛いわ。お主にその覚悟はあるのか！』

地毛を総髪にして、後ろで引き結んだサムライヘアー。頭のてっぺんにはみかんだ。

『拙者は……もう、消えねばならぬ』

涙まじりで熱演を続ける奎だが、滝本は頭のみかんが落ちはしないかと、そればかりが気になるようで返すセリフに気持ちが入らない。

「はい、滝本くん、もっと集中してね。前のページからもう一度」

「す、すみません……」

溝口にダメ出しをされて、同じシーンをやり直す。

『人の存念とは恐ろしいものよのう……。拙者は――もう、消えねばならぬ』

『そんなぁ～。まだ、最後のお願いが残ってるのに』

『今のお主はうつけ者じゃ！　かようなことなら、出会わねばよかった……』

離れた場所で、奎と滝本のかけ合いを見ていた溝口は、「今日の有坂くん、鬼気迫るものがあるね」と、感服している。となりの関も、「ほんと、まいるよ」と苦笑した。

稽古を終えると、いつもどおり『マサ坊』に向かった。関はバイトのため欠席だ。電車での移動中も、溝口は滝本と芝居の話をしていたが、奎はぼんやり窓の外を見ていた。

今になって滝本から聞いた登吾のスカウトの件や、菜津美のことが頭の中をよぎる。

菜津美は稽古場では明るく、芝居も見違えるほどよくなってきたが、飲み会の席には顔を出さなくなった。登吾に会うのが気まずいというよりは、周囲に気を配ってのことだ。

奎としては、余計なお節介をしたことで、逆に傷つけてしまったのではないかと懸念していたが、菜津美は、本気になる前に諦めがついたので感謝していると、笑顔を見せてくれた。

でも、今回はカップル成立とはならなかったけれど、登吾もこのさきずっと彼女なしで生活していくわけにはいかないだろう。いつかは、本当の一番ができるに違いない。

そのとき——。

(俺は、どうするんだろう……)

笑顔で登吾のそばを、離れることができるだろうか。祝福してあげられるだろうか。

他人《ひと》ごとのように考えてしまうのは、いつか必ずくるその日を、想像したくないからだ。

煮え切らない思いを抱えたまま、駅に着いて店へ歩いている途中で、携帯に着信があった。見ると、件《くだん》の知らない電話番号からだ。少し迷ったけれど、出ることにした。

「……はい」

『有坂奎くん？』

深みのある低音で、耳に心地よい男の声だ。

「あ、はい、あの、あなたは——」

『よかった。やっと出てくれたね。私は——』

先日、『@』のオーディションの審査に立ち会った、演出家の大河内だと名乗った。

やっぱり、という驚きと、一体なんの用だろうか、という警戒心がわき上がる。

『突然、申し訳ない。プライベートな用件だから、事務所を通せなくてね』

「……そうなんですか。でも、俺、いや、僕になんの——」

『ああ、いいよ、かしこまらなくて。とは言っても、おっさん相手に無理かな』

ははは、と明るく笑う。思いのほか、フランクな人で余計に戸惑った。

オーディション会場では口数も少なく、憮然《ぶぜん》たる面持ちで座っていたのでギャップがある。

ただ、雑誌やテレビで知るかぎり、大河内は人当たりのいい、伊達男《だておとこ》という雰囲気だ。

『きみに話があって、稽古場にもいったんだけど、会えなくて残念だったよ』

電話が長引きそうだったので、奎はその場で「すみません、ちょっと待ってもらえますか」と断りを入れると、溝口たちにさきに店にいってもらうように伝えた。

「それで……どういった、ご用件でしょうか」

『電話だと落ち着かないので、近いうちにふたりで会えないかな』

「あの、それは——」

『きみにとっても、悪い話ではないと思うよ。食事でもしながら、どうかな』

「……」

奎はしばらく思案した。相手が憧れの演出家だけあって、魅力的な誘いではある。けれど、うまい話には裏があるというし、手放しで喜べるほど、奎も無知ではない。

オーディションを受けて落選したあとに、芸能事務所などから、レッスン生を集めるための『勧誘』があるのはよくあることで、詐欺めいたスカウトにあいかけたこともあるからだ。

いくら著名人だろうが、奎にとっては、本質がわからない人だ。できレースに荷担していたとしたら、なおさら個人的に深くは関わりたくない。

「大変失礼なのですが、具体的な用件がわからないまま、お会いすることはできないです」

予想外の返事だったのか、大河内は電話の向こうで一瞬黙り込んだ。

「――あっ、す、すみません！　ご気分を悪くされたなら、あやまります」

『いいや、そういうの私は嫌いじゃない。オーディションのときにも感じたけれど、奎くんは若いわりに肝が据わってるね。普通なら、飛びつきそうなところなのに』

いきなり下の名前で呼ばれて、ドキリとした。

『きみのところの劇団員は、みんな用心深いのかな。代表の溝口くんは真面目で口が堅いし、スタッフの彼、登吾くんと言ったかな――』

「えっ」

まさかここで登吾の話になるとは思ってなくて動揺した。

『うちの妻が、「アックス」という芸能プロダクションを経営していてね』

「はい、知ってます」

『秋公演をふたりで観させてもらったんだが、そのとき受付の彼をえらく気に入ってね。いまだに口説いているよ。けれど、一向にいい返事がもらえないようで、がっかりしてる』

いまだにということは、その場で登吾が断ったのに、まだ諦めていないのだ。

「……そうですか」

それだけの熱意を持つほど、登吾にひかれるものがあるのだろう。

どういうわけか、登吾には負けたくないという、張り合う気持ちがわいてきた。

『妻は育て甲斐《がい》がある子が好きでね。でも私はあの舞台を観て、きみが一番いいと思ったね』

思いがけない言葉に息を飲む。世辞や冷やかしとは思えない、力強さがあった。

『オーディションは残念だった。だからこそ、きみにチャンスを与えたいと思ってる』

「チャンス……」

電話を持つ手が震えた。これは、もしかしたら本当に二度とない好機なのかもしれない。

やや疑心暗鬼になりすぎていたが、気がついたら口を開いていた。

「わかりました。ぜひお会いして、お話をうかがいたいです」

『ありがとう。嬉しいよ。そうと決まったら、早いほうがいい。勝手で申し訳ないが――』

多忙な大河内の都合に合わせて、日時と場所を約束した。

電話を切ってからも、奎はしばらくその場から動けず、携帯電話をぼおっと見つめていた。今になって緊張や興奮で、鼓動が激しくなってくる。

足を速めて店に入ると、溝口とマサがカウンター席で飲んでいた。登吾は厨房で背を向けている。溝口がとなりの椅子を引きながら、「電話、もういいの?」と気にかけてくれた。

「はい、ありがとうございます。すみません」

それ以上は聞かれなかったので、奎も大河内からだとは話さず、生ビールを注文する。

遅れを取り戻そうと、空きっ腹で早いペースで飲んでいるうちに、酔いが回ってきた。電話での興奮の余韻もあったのか、我知らず声が大きくなる。

「いやあ、人生どう転ぶかわかんないですね〜」

「有坂くん、なにかいいことあった?」

笑いを含んだ声で言われて、奎は「え、俺ですか」と、わかりやすく表情を明るくした。

「今日の有坂くん、稽古もキレッキレだったし、いつもと違うねと、話してたんだよ」

「キレッキレッ! イエーイ!」

「やっぱりあったんだね」

手酌で飲もうとするので、奎は慌てて瓶《びん》を取り上げて、溝口のグラスになみなみと注いだ。

「いいことなのかどうなのか、まだわかんないんですけど——」

どのみち溝口には話すつもりだったので、さきほどの電話の件をかいつまんで説明した。

「そっか、そういう用件だったんだ……」

話を聞き終えた溝口は、ビールグラスを口に運びながら、考え込んだ表情になった。

「俺も、最初はちょっと警戒したんですけど、自分が動かないことには、なにも変わらないなと思って。大河内さんが言った、『チャンス』にかけてみることにしました」

いつもなら笑顔で「いいね」と、後押ししてくれるところなのに、溝口は黙ったままだ。

それだけ真剣に考えてくれているのだろう。

「わかった。有坂くんがそう決めたんなら……僕は応援するだけだよ。ただ、再チャレンジで勝ち残っていくのは、そうとうな努力と苦労が必要になってくると思う」

「はい、それは覚悟してます」

「それに、大河内さんともなれば、業界の裏まで知ってる人だから――」

「大丈夫です。俺も完全に信用してるわけではないから、やばい話ならちゃんと断ります」

それを聞いて安心したのか、溝口は優しげな笑みを見せてうなずいた。

「うん、有坂くんが、そこを冷静に決断できるのなら、僕はなにも言わないよ。なにかあって転んで怪我《けが》をしたとき、痛い思いをするのは有坂くんだから」

心の底から心配してくれている様子に、奎は胸がつまって言葉が出てこなかった。

「……ありがとうございます」

「でももしも、迷うようなことがあったら、ひとりで決めずに、僕にも相談してくれる？」

細い目をさらに細めて、笑っているのとは違う、説得力のある眼力で見つめてくる。

「はい！」

奎が勢いよく返事をする向こう側で、聞き入るようにしていた登吾がふたたび手を動かす。

その後、いつもどおり滝本にからまれながら深酒をしてしまったが、気が張っていたせいか珍しく酔いつぶれるまではいかなかった。

「——あの滝本って人、前から思ってたけど、酒癖悪いよね」

ベッドに腰かけた奎にアイスを手渡しながら、登吾はぶすっとした顔をしている。

「悪いというか、かまってちゃんなんだよな。暴れるわけじゃないし、大目に見てやれよ」

「けど、ガチで空気読めないですよ」

「おまえが言うか」

登吾もアイスバーを片手に持ち、奎のとなりに腰かける。

「そういえば、溝口さんと——なんか難しい話をしてませんでしたか」

大河内の電話の件だとは察したものの、登吾に説明するのはためらった。

「ああ、舞台の話な。けど、まだどうなるかわからないから、決まったらおまえにも話すよ」

登吾は大河内に会うのを賛成しない気がした。妻、加奈のスカウトも疎ましがっているし、できレースの審査員だった大河内にも、いい印象を持っていないだろう。

登吾はなにも言い返さなかったが、どこかしら不満げな顔でアイスをかじっている。

「奎ちゃんって……溝口さんのこと好きですよね」

「そりゃそうだよ。人として好きだし、演出家としても尊敬してる」

「俺もあの人のことは認めてます。誰かみたいに酒癖悪くないし、奎ちゃんの芝居をちゃんと評価してくれてるから。でも、ときどき——」

手にしたチョコアイスバーを凝視して、登吾は猫背のまま押し黙った。

「なんだよ」

気になって急かすと、登吾はゆっくりと顔を向けた。

「ときどき、なんとも言えない、悔しい気持ちになります」

「——悔しい？　なんで？」

恨めしそうな顔でじろりと睨まれ、奎はアイスをくわえたまま小首をかしげた。そのましばらく無言で見つめ合うが、登吾はふいに目をそらして深い息をはいた。

「……奎ちゃんにはわからないですよ」

「あ？」

ぽかんとしていると、登吾は残り半分のアイスをふた口で食べた。

「もう、帰ります」

怒っているというよりは、すねたような顔で立ち上がる。それでも「明日、何時ですか」と、奎の携帯アラームの確認はおこたらず、部屋の中も簡単に片づけて出ていった。

「なんなんだよ。変なやつだな」

登吾のことは理解しているつもりだけれど、ときどきなにを考えているのかわからないときがある。気を遣っているのか不器用なのか、感情を表に押し出してこないからだ。

悔しい――とは、溝口に敬意を払いながらも、当時に対抗心もあるということだろうか。

もしそうだとしたら、わからなくもない。一目置く相手だからこそ、負けたくない、という気持ちは奎にもある。登吾のスカウト話の件は、奎にとっても大きな刺激となった。

溝口も登吾も、奎を応援してくれている。だからこそ、今回のチャンスはものにしたい。

吉と出るか、凶と出るかわからないけれど、なにもしないよりはしたほうがいい。

これが夢に近づく一歩になればいいと、そう願いながら眠りに落ちた。

＊＊＊

数日後。大河内《おおこうち》との会食の日。

夜勤だったコンビニバイトのシフトを変更してもらい、夕方から出かける準備をした。

待ち合わせ場所は六本木《ろっぽんぎ》の高層ビルにあるダイニングバーで、ドレスコードはないから普段着でかまわないよと言われたものの、やはりジーンズというわけにはいかない。

数少ないスーツの中でも、宣材写真用に買った、インフォーマルな勝負服にした。

光沢のあるネイビーのスリムスーツに、ボタンダウンシャツと、えんじの水玉ネクタイ。ややや、がんばった感があるけれど、権威ある大人の男性と食事をするのだから、多少は背伸びしたい。それに大河内はおしゃれでも有名なので、引けを取りたくなかった。

姿見鏡の前でポーズを決めつつ、きれいな立ち方をチェックしていると、途中で登吾《とうご》が夕飯を作りにきた。パーティにでも出かけるような奎《けい》の姿を見て、目を大きくする。

「どうしたんですか、その格好」

「ああ、これから出かけるから。悪いけど、今日は外で食べてくるよ」

スーパーの買い物袋を持ったまま、無言で立ち尽くしている。

「出かけるって——まさか、デートじゃないですよね」

「ばーか、そんなわけねえよ」

鼻で笑い飛ばすと、登吾は「けどそれ、キメすぎじゃないですか」と疑い深い目を向ける。

「あぁ、オーディションだから。そのあと、ちょっと食事会があって」

「オーディション？」

登吾はさらに目を細めて、怪訝《けげん》な顔になる。

「なんのオーディションですか。舞台ならもっと動きやすい服装でいきますよね。もしかしてモデル？　けど、奎ちゃん、モデルは前から興味ないって言ってたし、なんで——」

「登吾」

矢継ぎ早に詮索《せんさく》されては気分も悪い。ひと睨《にら》みすると、登吾は口を閉ざした。

「だから、食事会があるって言ってんだろ。普段着じゃ入れない店なの。なんだよ、おまえ、さっきから突っかかってさ。俺がおしゃれしたらだめなのかよ」

似合ってる、格好いい、のひと言ぐらいくれてもいいだろう、とふて腐れたい気分だ。

登吾はあやまるわけでもなく、探るような視線で奎を凝視していた。

「奎ちゃんは——大事なところで嘘をつくから」

責めるような口調で言われて目をみはった。登吾は重々しい表情をしている。

「……俺がいつおまえに嘘ついたよ」

「五年前の春」

すかさず切り返されて返す言葉につまる。身に覚えがあったからだ。

「俺は——そのおかげで、桜が嫌いになりましたよ」

うつむいた横顔は、胸の痛みを我慢するかのように、せつなげに歪《ゆが》んでいる。見るのがつらくて思わず目を閉じたが、脳裏には同じ表情をした高校生の登吾がフラッシュバックした。

(——あの日、登吾は……)

過去の場面がガラスの破片のように落ちてきて、心の底をちくちくと刺す。

ささいな嘘だった。どうしてそんな嘘をついたのか。その当時の奎は自分でもよくわかっていなかった。衝動的だったともいえる。それがいい方法だと思えたのだ。

けれど今になって考えると、自分の弱さのせいだ。

登吾も奎も、それについてあえてふれてこなかった。ただ、普段は忘れていても、心の片隅には根付いていて、治りかけの傷のように、思い出すたびにかきむしりたくなるのだ。

いまだに引きずっている登吾に、心苦しさを感じながらも、奎は明るい笑顔で言った。

「そんな前のこと、もう忘れたよ」

わかっていながらもすっとぼけると、登吾は顔を上げて、怖い目で見つめてきた。

「……奎ちゃんは、ずるい」

「ずるい？　あー、そうね、俺はおまえと違って、嘘ついたことさえ忘れてる男だから」

「そうじゃなくて！　奎ちゃん、本当は――」

前のめりになった登吾に、奎は負けじと胸がぶつかりそうなぐらい距離をつめた。

「……わっ」

「けど、おまえだってさあ、俺に隠してることあんだろ」

胸ぐらをつかんで引き寄せる。近距離で見上げると登吾は目をそらした。顔が少し赤い。

「おまえ、『アックス』の社長にモデルの件で、口説かれてんだって？」

「あ、あれは――」

慌てて視線を合わしたけれど、すぐにまた天井を見上げた。後ろめたさがあるのだろう。

やはり自分に気を遣っていたのかと、腹立たしい思いになり突き放した。

「なんで、俺に黙ってた？」

つい口調が荒くなってしまう。登吾はとうとう目を伏せてしまった。

「黙ってたのは、べつに言う必要ないと思ったからで――」

「そうだな、俺が知る必要ないよな」

言ってる最中で嘲笑《ちょうしょう》がもれる。それは登吾にではなく、自分が抱くやっかみに対してだ。

「けど、余計な気を回してるんなら、それこそ必要ねえから！」

こらえきれずに怒鳴っていた。よくないとわかっていたのに、感情を抑えられなかった。

「くっそ……」

歯がゆさに唇をかむ。登吾はなにも悪くないのに、責め立ててしまう自分が情けない。

「奎ちゃん……大丈夫？」

登吾が静かに近づいてきて、そっと肩にふれた。その瞬間、心の中の熱や興奮が鎮まった。

登吾の手のひらに、まるで吸い取られたかのように、気持ちが落ち着いた。

意識しなくても肌が覚えている。手をつないだり、ハイタッチしたり、腕相撲したり。何度もふれあってきた手の感触。けして奎を脅かすことなく、安らぎを与えてくれる手だ。

「――登吾、ごめん、言いすぎた。悪いのは俺なのに……」

顔を上げてまっすぐ目を見て、「ほんと、ごめん」と素直な気持ちであやまった。

「奎ちゃん……もう怒ってない？」

登吾は眉尻《まゆじり》を下げて顔を歪めていた。子供のころと変わらない、不安で心配げな表情。

思わず笑みがこぼれた。この顔を見ると、自分がしっかりしなければと力づけられるのだ。

「そんな顔するなって、べつに怒ってないから」

「――うん、俺も黙っててごめん。そんなつもりじゃなくて……」

「もういいよ、それは。はい、おしまい！」

笑顔で登吾の背中を力いっぱい叩《たた》くと、勢い余って前につんのめった。

「とりあえず、オーディションいってくるから。うまくいったら、焼肉おごってやるな」

時間もないので、取り急ぎ玄関に向かいながら、笑顔で手を振るが、

「……気をつけて」

いつもなら「がんばってください」と励ましてくれるのに、沈んだ顔でそう言っただけだ。

ドアを閉めた途端、深いため息がもれた。

――奎ちゃんは、大事なところで嘘をつくから。

登吾の指摘が耳に痛い。けれど、オーディションというのは、あながち嘘でもないだろう。

自分の魅力や実力を、どれだけアピールできるか。もしも大河内の期待に応えられず、失望させるようなことになったら、せっかくのチャンスも逃してしまうかもしれない。

会食とはいいながらも、ここ一番の大勝負だ。

（――絶対に、勝ち取ってやる）

気を引き締めなおして、待ち合わせのダイニングバーへと向かった。

勝手に高級店だと身構えていたけれど、店内は明るくテーブルはそれほど広くなくて、客層も若者やカップルが多く、ラフな服装だ。むしろ奎が目立ちすぎるぐらいだった。

ギャルソンスタイルの店員は、フロアを横切って一番奥まで進むと、

「こちらで、大河内さまがお待ちになってます」

そう言って、観葉植物とパーティションで区切られたさきを手で示した。

約束時間の十分前だったが、すでに到着しているようだ。

「はい。ありがとうございます」

案内されるまま、半個室になった部屋に入る。中は思った以上に広く、西欧風の木製テーブルやソファもゆったりしていて、カジュアル感のある店内よりグレードが高かった。

「やあ、よくきたね」

アンティークの丸いダイニングテーブルで、大河内は両肘《りょうひじ》をついてあごをのせていた。

そんなポーズもさまになる、苦みばしったいい男だ。整えた短髪におしゃれ髭《ひげ》に丸縁メガネ。長身で彫りの深い顔立ちなので、演出家というよりは外国の俳優のように見える。

「遅れて申し訳ありません。本日はよろしくお願いします」

「いいよ、そういう挨拶《あいさつ》は抜きにしよう。こっちはもう三十分前から飲んでるから」

大河内はテーブルに置いたワイングラスを、いたずら好きの少年のような顔で持ち上げた。

「そういうことだから、もっと肩の力を抜いて、リラックスしていいよ」

さあ、座ってと、正面のソファをすすめられて、奎は軽く会釈して腰かけた。

出鼻をくじかれた気分だ。乾杯もせずにさきに飲んでいるとは、予想もしていなかった。

（なんだろう、自由な人なのかも……）

そういえば舞台の演出も今までになく斬新《ざんしん》で、そこがひかれる部分でもあったのだ。

まるで値踏みするような目つきで見られて、奎はきたかと姿勢を正す。

「今日のきみは、ずいぶん雰囲気が違うね」

「そうでしょうか」

取り澄ました態度で、優美にほほ笑みかけた。

「まあ、こないだの役が、くたびれたサラリーマンだったからね。あのさえない感じも、哀愁が漂っていてよかったけれど、フォーマル姿は色気があってぐっとくるね」

「ありがとうございます。大河内さんも、とても素敵です」

「嬉《うれ》しいね。奎くんほどじゃないけどね」

大河内は上品なスマートカジュアルだった。白のジョガーパンツにカーキのジャケット。シャツはピンクと白のストライプでノーネクタイ。ポケットチーフは赤。

とても四十代とは思えない若々しさで、スタイルのよさもあり、さすがだと感嘆した。

「さっそくだけど、なにを飲む？　ワイン、シャンパン、地ビール、日本酒、なんでもそろってるよ。この店のオーナーとシェフとは古くからの友人でさ、我がままがきくんだよ」

「では、大河内さんがとても美味《おい》しそうに飲んでらしゃるので、同じものをお願いします」

大河内は　おや、という体《てい》で片眉を上げると、

「でも本当は生ビールがいいな、とか思ってるんじゃない？」

おかしそうに口角に笑みをにじませた。図星だったのでつい真顔になってしまう。

「いいよ、普段どおりで。気取る必要ないから。私が知りたいのは『素』のきみなんだよ。慎重になるのはわかるけれども、若いんだから、もっとくだけてもいいんじゃないかな」

早い話が大河内の前で、自分をよく見せようと演じても、それは無意味だということだ。

「私は板から下りたきみが、どんな男か興味あるんだよ」

さすがに器の大きさが違う。潔く観念すると、自然と肩の力が抜けて笑みがもれていた。

「……大河内さんって、役者のこと全部、お見通しなんですね」

「まあね、それが仕事だから」

「ひとりで、こんなキバってきて、ちょっと恥ずかしいです」

「いや、そこは合格だよ。目の保養にもなるしね。裸エプロンなら、もっとよかった」

奎は「えっ」と目を丸くしたのち、小さく吹き出した。

身構えてここにきたのに、ほんの短い時間で大河内に気を許してしまっている。

「あの、では、お言葉に甘えて生ビールをお願いします」

「素直でいいね」

話している途中で店員が生ビールと、つけ合わせに具だくさんのポテトサラダを運んできた。ポテサラ好きの奎は思わず身を乗り出して「わあ」と、目を輝かせる。

「いい顔するね。そういう顔が私は見たかったんだよ」

「す、すみません……」

子供のように浮かれてしまったことが恥ずかしい。

ビールとワインで乾杯したのち、ポテトサラダを食べた。じゃがいもにベーコンにゆで卵に芝えび。期待どおり食べごたえがあり、芝えびのうまみが味を際立たせている。

しばらく当たり障りのない話をしつつ、二杯目のビールと合わせて、春野菜の煮込み料理とホタテのバター焼きがテーブルに並ぶ。少し酔ってくるとふたりで演劇論を語った。

メインは大河内が絶賛する、フォアグラのココット焼き。トリュフが上にのっている。

「……すごいですね」

「奎くんは食べ方もきれいだし、本当にうまそうに食べるね。見ていて気持ちがいいよ」

大河内は酒を飲むときは、あまり食べないようで、にこにこして見ているだけだ。

とはいえこのままでは、本当に贅沢《ぜいたく》な食事会というだけで終わってしまう。

「それで、あの、肝心の用件なんですが――」

自ら切り出していいのか迷ったけれど、あまり酔ってしまうわけにもいかないので尋《たず》ねた。

「緊張しているようだったから、お酒が入ってからのほうが、いいかと思ってね」

恐縮していると、ワインを飲み終えた大河内が、だしぬけに吐き捨てるように言った。

「あのオーディションは、本当に意味がなかった。くそだったね」

「――えっ」

「ああ、食事どきに下品ですまないね。まあ、でもほかの言い方を知らなくてね」

いきなりどうしたのかと、何度も目をまばたくが、大河内は平然と続けた。

「もう、きみも知ってるとは思うけれど、あれはまさしく『できレース』なんだよ」

「あっ……はい」

「その審査員席にいた私も、たいがいだけどね。大人の事情というものがあってさ」

酔いが回ってきたのか、歯に衣《きぬ》着せぬもの言いにぽかんとしながらも、耳を傾けた。

「西條《さいじょう》さんには、前から大変お世話になっていてね。スポンサーの後ろ盾もあって、息子くんを頼むと目の前で頭を下げられては、こちらも首を縦に振るしかなかったんだ」

「――そう、ですか」

最初から勝者が決まっていても選考会を開くのは、その裏側で多くの金が動くからだ。それにオーディションで役を勝ち取った、という形式のほうが、話題性もあり箔《はく》がつく。

世の中が、純粋にいいものだけで成り立っているのではないと、さすがに奎も知っている。

「ただ、これは言いわけになるかもしれないが、『@』の名誉のためにも言っておくと、過去にはないことで、スタッフや他のキャストには申し訳なく思っているんだよ」

ようするに、やむを得ず受け入れた大河内自身もつらい立場で、本意ではなかったということだ。だからオーディションの最中も、憮然《ぶぜん》とした態度で座っていたのかと納得した。

「唯一の収穫は、会場で奎くんに会えたことだよ。舞台を観て、芯《しん》がある芝居をする子だなと思っていたからね。オーディションでも、私はきみに一番ひかれたね」

そういえば、実技審査の題目でひとり芝居をやったときに、大河内にいろいろ質問された。ほかの者の話だと、大河内はひと言もしゃべらず、座っているだけだと聞いていた。

それだけ興味を持ってもらえたのは光栄で、「ありがとうございます」と礼を言った。

「でも、もう結果は出てますから――」

今さらひっくり返すことは無理なのだから、なにをしたいのだろうかと疑いが芽生えた。

すると大河内はテーブルに身を乗り出すと、ここぞとばかりの得意顔で言い放った。

「きみには『客演《きやくえん》』というかたちで、舞台に立ってほしい」

その瞬間、奎は息を飲んで目をみはった。

「脇役でセリフは少ないけれど、存在感のあるとても重要な役だ」

「……ぼ、僕が、『@』で客演ですか」

客演は俳優などが、所属劇団以外の団体に招かれて出演することだが、主に名の知れた者が多い。それも『@』で前例のない客演が新人となると、演劇誌でも取り上げられるだろう。

大河内の言ったチャンスが、まさかこういうことだとは予想していなくて混乱した。

「どうした？　あまり嬉しそうじゃないね。驚きのほうが強かったかな」

「あ、はい……」

戸惑いや興奮など、いろんな感情が複雑に入り混じり、顔を伏せて考え込んだ。

たしかに奎にとってはこれ以上にない幸運だ。

主役として名を売るのは無理にしても、『闇鍋《やみなべ》サンダース』という劇団の看板を背負いながら、有坂《ありさか》奎として『@』の舞台に立つことができるのは、大きな意味がある。

それだけ責任がのしかかってくるけれど、舞台で成功を収めれば、プロの演劇界でほぼ無名の奎が期待の新人として広く知れ渡り、劇団そのものにも注目が集まるに違いない。

どんな端役だろうが、大舞台に立てるのなら、客演というプレッシャーを背負いながらも、やってみたいという気持ちが強い。ただ、不安や恐れも心の片隅にはひそんでいて、生半可な気持ちで立てるような舞台ではないと、奎も重々わかっている。

「でも、僕などが客演で、そのほかのキャストのみなさんは納得するでしょうか」

とくに西條は、オーディションに落ちた奎が特別待遇なのを快く思わないだろう。

「私が推薦するから、反対する者はいないよ。ただ、きみに対しての風当たりは強いだろう。でもそこを黙らせるのが、奎くん、きみだよ」

「……」

「西條くんを主役に仕立てて、私としては義理は果たしたからね。ただ、彼の芝居がどこまで伸びるかは彼の努力しだいだ。もちろん私も、引き受けたからには全力で指導はするよ。彼にがんばってもらわないことには、西條さんに顔向けできないからね」

真摯《しんし》な態度とは裏腹に、どこかしらとってつけたような言い方に聞こえた。

「しかし、舞台のよさを判断するのは、私ではなく観客だ。彼が役者としてどこまで通用するのか。名の知れた二世タレントだからこそ、評価は厳しくなるだろう」

「——そうですね」

「そこで、客演のきみが主役を食ったとしたら、さらにおもしろい舞台になると思わないかね」

薄笑いを浮かべながら、メガネの奥の瞳が、ひどく底光りしていた。

思わず鳥肌が立ち、身震いした。

この人は自分が主宰する劇団の舞台を、大胆にもひとつの賭《かけ》として楽しもうとしている。キャスト同士をぶつかり合わせて、その相乗効果でさらなる上を狙《ねら》っているのだ。

「やっと——大河内さんがどんな人か、わかってきました」

「そうかい。どんな人間だと思う？」

「……怖い人、ですね」

大河内は声をあげて笑い、「ほめ言葉として受け取っておくよ」とメガネを押し上げた。

「舞台は、生きものだからね。魔物が棲《す》むと言われるとおり、なにが起きてもおかしくない。同じキャスト、演出で、ロングラン公演をおこなったとしても、一日たりとも同じ舞台はない。幕が上がってみないことには、どう転ぶかわからないもんだよ」

まったくそのとおりで、奎は「はい」と強くうなずいて、大河内の次の言葉を待った。

「私はきみに『@』の舞台で、新風を巻き起こしてほしいと、そう期待してるんだ」

「——」

一瞬、目がくらみ、まぶしさで前が見えなくなった。店の雑多な音も消えた。何度かまばたきをしたら、ざわざわとした雰囲気とともに、正面にいる大河内の顔が視界に入った。

挑発的な笑みを浮かべて、こちらを見ている。返事を待っているのだろう。

不思議と心は落ち着いているのに、体中の血がたぎるかのように肌が熱を持っている。あとから感情がついてきて、指先が震えた。心の奥底から突き上げるような衝動がわいてくる。

——やりたい。大舞台に立ちたい。この人の期待に応えたい。

深く息を吸いながら目を閉じる。天井を見上げて、目を開ける。決意が固まった。

「ぜひ、やらせてください。お願いします」

その場で立ち上がって頭を下げた。息苦しいほど、胸が引き締まる思いだった。

「——ただし、条件がある」

奎はゆっくりと上体を起こして「なんでしょうか」と聞き返した。

「きみは男としても役者としても、とても魅力的だ。はっきり言ってしまえば、このあと朝まで私につき合ってくれるなら、きみを推薦するよ」

絶句した。

大きく見開いた目が痛くなるほど、長いあいだ大河内を見つめ続けた。

つまりそれはベッドの相手をしろと、そう言っているのだ。

信じられなかった。まさかここにきて、枕営業を条件に出されるとは考えもしなかった。

ふつふつとした怒りと情けなさがわき上がる。

――ふざけるな！　なめんじゃねえ！　俺はそこまで落ちぶれてねえよ！

心の罵倒《ばとう》が喉元《のど》までせり上がり、爆発寸前になったとき、

「奎くん、きみはたしか、地方出身だったよね」

大河内は場にそぐわない、おだやかな口調で切り出した。奎は顔を上げたが答えなかった。

「おそらく、芝居がやりたくて、東京《とうきょう》に出てきたんだろうね。私から見ればきみはまだ子供だけど、二十歳を超えれば社会的には大人だ。だったら、わかるよね？」

諭すような言い方をされて、徐々に憤りが収まってくる。食い入るように見つめた。

「価値あるものを手に入れるためには、それに見合うだけの代償を払うべきだ。違うかな？まさか、ただでほしいものが手に入るとは思ってないよね」

それだけの覚悟が必要だと、そう言われて、奎は胸の奥をえぐられた気分で顔を伏せた。

そんなこと、わかってる。大河内の言うとおりだ。

大きな舞台に立ちたくて、プロの役者になりたくて、それだけの思いで東京に出てきた。夢や目標を叶《かな》えるために故郷を捨てた。故郷だけではない。奎にとって、一番大切なものを置き去りにした。そうじゃないと、新しいものが手に入らない気がした。

(――わかってんだよ、そんなことは……)

だからこそ、大河内の言いたいことが、ひどく胸に突き刺さって、苦しかった。

「さて、どうする? 尻尾《しっぽ》を巻いて、田舎に逃げ帰るかな」

おもしろがっている様子の大河内に、奎は睨みをきかせて、「帰りません」と言いきった。

「俺はここで、『闇サン』のメンバーと芝居を続けていきます。このさきなにがあっても――」

仲間と登吾がそばにいてくれるなら、これぐらいのこと乗り越えられる、と思った。

大河内は意外そうに目をすがめると、両腕を組んでソファにもたれかかった。

「なるほど、では客演の話はなかったことで、いいのかな? 残念だよ。奎くんが期待どおり活躍してくれれば、きみたちの劇団もあわせて、バックアップするつもりだったんだ」

つまりは、奎個人の問題ではなく、劇団の将来さえも左右しかねない、ということだ。

「……ようやくあんたの本質が見えた。ほんと、くそ――というかゲスですね」

憤怒《ふんぬ》をあらわにして吐き捨てると、大河内はソファで頬杖《ほおづえ》をついたまま、にこっと笑った。

「くそでゲスだと、周りにどう言われようが、結果、勝ったのは西條くんだ。親の七光りでも、持っている武器があるならば、出し惜しみしていても意味がない」

　奎ははっとして大河内を見つめなおした。いつの間にか、気持ちが落ち着いてきていた。

「奎くん、きみはこのまま終わるような、役者じゃないだろう」

　力のある目で、奮い立たせるように言われて、奎の胸中で変化が起きた。

　それは理想への諦《あきら》めと、現実の受容だった。

（――このまま、終わりたくない）

　ふいに、心配そうな溝口《みぞぐち》の顔とともに、思いやりのある言葉がよみがえった。

――でももしも迷うようなことがあったら、ひとりで決めずに、僕にも相談してくれる？

　その声をかき消すように、奎は強く目を閉じた。胸の奥でねじれるような痛みを覚える。

　相談する時間などない。なにより、こんなばかげたこと相談できない。

　ひとりで決断して、ひとりで責任を取るしかない。誰も、巻き込みたくない。

　世話になっている溝口には、申し訳ない気持ちでいっぱいになったけれど、だからこそ恩返ししたい。役者として名をあげて、『闇サン』という劇団を広く知らしめたい。

　そして、この男の鼻をへし折って、見返してやりたい。

　奎は顔を上げて大河内を正面から見据えると、身を切る思いで「わかりました」と答えた。

　ただこのことは、劇団員たちはもちろん、誰にも言わないでほしいと口止めすると、大河内は「もちろんだよ」と苦笑した。言うまでもなく、不祥事の発覚を恐れているのは彼だ。

けれど、奎にも知られたくない相手がいる。登吾だ。

誰にもというよりは、登吾にだけは絶対に知られたくない。どんな事情があったとしても、人として恥ずべきおこないを登吾は許してくれないだろう。軽蔑《けいべつ》されたくなかった。

「そうと決まれば、早々に場所を移動しようか」

大河内は笑顔で立ち上がり、退室をうながすように、背中に手を回してきた。


移動したさきは、歩いて五分もかからない、マンションの一室だった。

夫婦で暮らす自宅は隣県だが、ここは大河内がセカンドハウスとして利用しているようだ。

「なにか飲む？　生はないから、缶ビールになるけど」

部屋に案内されて、すぐに寝室に連れ込まれるかと思っていたのに、ダイニングキッチンのカウンターに座らされた。大河内は上機嫌で、冷蔵庫の中をのぞき込んでいる。

「……いえ、大丈夫です」

「そう？　飲まないの？　ひとりで飲むのつまらないなぁ～。でも、飲んじゃうけどね」

冷蔵庫からワインとチーズを取り出して、大河内はとなりの椅子《いす》に座った。

「本当に飲まない？」

少年のような期待に満ちた目で確認されて困った。ここでの目的は二次会ではないだろう、と思いながらも、「じゃあ、缶ビールで」と答えてしまった。

嬉しそうに冷蔵庫から缶ビールを出すと、コップにそそいでくれて、乾杯した。

店では余裕綽々《しゃくしゃく》の態度だった大河内が、自分の部屋だからか妙に舞い上がってる様子だ。それともただ酔っているだけなのか。どうにも、調子が崩れる。

「奎くん、きみは――」

そう言いながら、脇腹をなでられて、どきっとした。一瞬、身がこわばった。

「オーディションのときから気になってたが……、やせすぎじゃないのかな。食事はきちんとしてる？　栄養のあるものをたくさん食べてるのかい」

「た、食べてます。めっちゃ食べてます！」

びっくりして、同じことを二度言ってしまったが、大河内はまったく気にとめず、

「それならいいけど。で、恋人はいるの？」

さらに質問をぶつけてきた。ここにきて、なぜその質問なのかと顔をしかめる。

「いませんが、その情報、今必要ですか。彼女がいたら、どうだっていうんですか」

これからベッドをともにする相手に、そんなことを確認するだけ不毛だろう。

「ああ、悪いね。きみがどういう恋愛をしているのか、気になってね。若いうちの恋は、毒にも蜜にもなる。いろんな恋をたくさんして、さまざま感情を抱き、人は成長する」

言いたいことはわかるけれど、今さら説教されてもありがた迷惑だ。

「どんなつらい経験も、必ずいつか芝居に生かせるときがくる。役者としてさらに磨きをかけるためには、とにかくいろんな経験をして、感情を蓄えることだよ」

思わず鼻で笑ってしまった。その手始めがこれなら、あまりに都合がよすぎるだろう。

つまりはセックスも、芸の糧になる経験のひとつだと言いたいのか。そんなの、ただのきれいごとにすぎない。大河内が自己保身のために、言いわけしているだけだ。

「あの、やるならやるで、そろそろ本番はじめませんか。時間も押してるし」

冷たく言い捨てて、立ち上がる。見下ろすと、大河内は恍惚《こうこつ》とした表情をしていた。

「……強気というか、せっかちなのかな。もっと、ムードを楽しむ気はない？」

「突っ込んで出すだけに、ムードもへったくれもないですよ」

あえて低俗な言い方をすると、大河内は愉快そうに「ふふ」と笑って目を閉じた。

「ベッドにいこうか」

ダイニングキッチンから廊下に出て寝室へと入る。中はわりと広く、半分は書斎スペースだ。ここで仕事をしているのだろう。それでもベッドはダブルベッドだ。

「仕事用に借りてると言ってましたけど――こんなに広いベッドが必要なんですか」

「あぁ、寝相が悪いから。アクロバットな動きに耐えられるようにね」

どれだけ激しい行為をお好みなのかと思いながらも、立ったままジャケットを脱いだ。

「おや、もう脱いじゃうのかい」

大河内にさわられるのがいやで、自らジャケットとシャツを脱いで上半身だけ裸になった。

「脱がないでやるのが趣味なら、それでも俺はいいですけど」

大河内はあらわになった奎の上半身に、舐《な》めるような視線を向けた。

「……なるほど、細身に見えて、つくべきところに筋肉はついてるんだね」

舞台は体力勝負なので、筋トレはかかさないようにしているし、稽古《けいこ》やバイトで自然と体は絞られる。細マッチョまではいかないにしても、バランスのとれた筋肉質の体だ。

「いいね、うん、いい体だ。気に入った」

手が伸びてきて、心臓の辺りに指先がふれた途端、反射的に一歩下がっていた。

「そうか、まだおあずけかな」

くすりと笑われて、恥ずかしさで顔が熱くなる。芝居をとちったときと同じ気分だ。

なぜだかわからないが、こんなときに急に登吾の顔が脳裏に浮かんだ。

——奎ちゃん、なにやってんですか。

怒っているような、蔑《さげす》んだ目。責め立てる声まで聞こえてくる。

奎は強く目を閉じて、頭の中から登吾を追い出した。

虚勢を張って自分から服を脱いでいながら、いざとなると怖気《おじけ》づいてしまった。けれどここまできて、往生際が悪いやつと思われるのはいやだった。

一度、覚悟を決めたのだから、なにが起きようと逃げたりしない。

「――もう、大丈夫ですから。お願いします」

最後の踏ん切りをつけて、再度、芝居を立て直すつもりで、目の前の男を見つめた。すると飄々《ひょうひょう》としていた大河内が、急に真面目な顔つきで確認するようにのぞき込んできた。

キスされるのかと思ったが、そうでもないらしく、ただ顔を見られている。

「あの……」

ややのけ反りながら困惑していると、大河内は吐息まじりに「まいったな」と苦笑した。

「こっちが、つらくなってきたよ。今のきみは――役者の目をしてる」

「――」

「芝居では奎くんに敵《かな》わないしね。そろそろ私も、舞台から降りるころかな」

なんのことを言っているのかわからず、黙っていると、玄関のインターホンが鳴った。

「失礼、こんな時間に誰かな……」

大河内は寝室を出て玄関へと向かう。対応するやり取りが端々で聞こえてくる。

「――ピザ？　あぁ、……なに、加奈《かな》から？」

どうやら宅配ピザの配達人らしく、奎はドアから顔を出して大河内の様子をうかがった。

「わかった。今開けるから、部屋まで持ってきてくれるかな」

マンションのエントランスのオートロックを解除して、寝室に戻ってきた。

「ピザ、注文してたんですか？」

今さらという思いで尋ねると、大河内は不審がった様子だった。

「それが、私にもよくわからなくてね」

奎は眉をひそめた。到着したようでふたたびインターホンが鳴った。

「奎くんは、ここで待っててくれるかな」

そう言ってドアを開けたまま廊下に出ていく。奎はベッドの端に腰かけた。

上半身は裸のままなので、肌がひんやりとする。少し寒かったけれど、また服を着るわけにもいかない。床に脱ぎ捨てたシャツとジャケットを拾い、ベッドに置きなおそうとしたところ、玄関から荒々しい足音が響いてきた。

「きみ、待ちなさい……！」

大河内の大きな声とともに、寝室のドアから突然男が入ってきた。

その、長身の男を見て、奎は目をみはった。

「——登吾」

シャツを持ったまま驚愕《きょうがく》する奎に、登吾は今まで見たこともないような、怖い目を向けた。

その背後で大河内も、「どうして、きみがここに……」と驚いている。

「くっそ……」

登吾は振り向きざまに、片手を上げて殴りかかろうとする。奎は慌てて飛びついた。

「ば、ばか、やめろって！」

腕をつかんで引き離すが、登吾は奎を引きずるようにして、大河内に迫っていく。

「登吾、なにやってんだよ！　大河内さん、こいつから離れてください！　早く！」

「ま、待ちなさい。きみはなにか勘違いをして――」

慌てて後ずさる大河内に、それでも登吾は向かっていく。

「勘違い？　酔わせてベッドに連れ込んでおきながら、それでもあんたは――！」

「ち――違う、違うから、そうじゃなくて！」

登吾の背中に抱きついて必死で引っ張ると、舌打ちしながら振り返った。

「どうして、この人をかばうんだよ。殴られて当然の男なのに！」

ようやく動きを止めた登吾は、興奮で息を荒くしている。充血した瞳が怒りで燃えていた。

ここまで頭に血が上っている登吾ははじめてで、奎も動揺のあまり声がうわずった。

「いや、だから、これはその――。というか、なんでおまえがここにいるんだよ。ピザの配達じゃなかったのか。突然なんだよ、わけわかんないよ……」

なんとか場をおさめようと、ぎこちない笑顔を作るが、うまい言い逃れが見つからない。

「わけわからないのはこっちだよ。奎ちゃんの様子がおかしかったから――」

溝口に探りを入れて、大河内と会うのではないかと、勘づいたようだ。そこで加奈に連絡を取り、セカンドハウスの場所を聞き出して、かけつけたのだった。

「加奈さんが、うんざりして言ってたよ。また、悪い癖が出たんじゃないかって」

攻撃的な目つきで睨まれて、大河内は「そういうことか」とひどく困惑した。

「たしかに私が悪かった。きみが誤解するのも無理はない。だが、本当にそういう――」

「あやまるぐらいなら、どうしてこんな……！」

懲りてない様子の大河内に、登吾はものすごい剣幕で怒鳴りながら、飛びかかっていく。

「待て、登吾！　いいから落ち着けって！」

とっさにふたりのあいだに割り込んで、登吾を引き離した。そのまま無理やり力任せに引き連れて、大河内のマンションの部屋から引きずり出した。

外の廊下に出ると、登吾も少しは冷静さを取り戻したのか、暴れるのをやめた。

「登吾、だから、違うんだよ……。俺もよくないんだ、俺が自分で決めたことだから――」

登吾は険しい顔で目をすがめると、ひどく冷めた口調で聞いた。

「まさか、合意の上とか言わないですよね」

「――え」

一瞬、息を飲む。顔が引きつったのが自分でもわかった。これでは認めたも同然だ。

その表情を見ただけで、登吾は事実を察したようで、目を大きくした。

「嘘……だろ」

顔をくしゃりと歪めて、片手で目元を覆った。うつむき加減で、「最悪だ」と吐き捨てる。

心の底からなげくような、ひと言。

そのかすれた声が、まるで鋭いナイフのように、奎の胸に突き刺さった。

——どうしよう。登吾に知られた……。

どうしよう。どうしよう。軽蔑される。嫌われる。登吾に嫌われたくない。

頭の中がぐるぐるして、パニック寸前となる。

「登吾、あ、あのな、本当にそういうんじゃないから！　誤解してるんだって。きちんと説明するから！　俺の話を聞けば、なんだそんなオチって、笑っちゃうぐらいだから」

奎は登吾にすがりつくようにして訴えると、冷たい目で見下ろされた。

「——わかりました。帰ってから詳しい話を聞きます」

「……登吾」

痛いほどの力で手首をつかむと、奎を引っ張って足早にエレベーターホールへと向かう。

エレベーターの中でも、登吾はひと言もしゃべらなかった。押し寄せてくる感情をなんとか抑制しようと、自分と闘っているのか、目を閉じて何度も深呼吸している。

そのあいだも奎の手首は握ったままで、まだ見放されてはいないのかと、わずかに期待してしまう。ジャケットとネクタイを忘れたことに気づいたが、言える雰囲気でもない。

登吾は一刻も早くここから離れたい、という様子でエントランスを抜けると、足を止めた。

「奎ちゃん、服着なよ」

外に出ると、扉の横に立って手を離した。冷たい夜風が裸の上半身をなでていく。

「——あっ、そ、そうだよな。ちょっと待って」

シャツに腕を通すが、手が震えてボタンがなかなかとめられずにいると、

「俺がやってあげる」

登吾が手伝ってくれたが、その指先も小刻みに震えていた。焦っているからか、手で胸を強く押されて、少しずつあとずさる。気がついたらマンションの壁に背中をぶつけていた。

最後のボタンをとめ終えると、登吾は突如覆い被《かぶ》さるようにして、両拳《こぶし》で強く壁を叩いた。

「なんでだよ……！」

腹の底から絞り出したような悲痛の声。奎はたまらず登吾の腕の中で身をこわばらせた。

壁に押さえつけられて、動けない。耳元で登吾の荒い息づかいが聞こえる。

（——登吾……）

傷つけた。登吾を傷つけてしまった。登吾の信頼を裏切ったから——。

こらえきれずに激情を爆発させた登吾に、奎は罪悪感でいっぱいになり胸が疼《うず》いた。

「あの男に、どこまでされた？」

奎の肩に顔を伏せたまま、低い声でそう問う。奇妙な落ち着きをはらんでいた。

「どこまでって……」

登吾はゆっくりと顔を上げると、首をかしげてアップで迫ってきた。まさかキスされる⁉

と目をつぶったら、吐息が唇をかすめただけで、体が離れていく気配を感じた。

はあ……と、耐え忍ぶようなため息をついて、登吾は夜空を見上げた。

「あいつに服を脱がされて、さわられて、キスとか――。されたのかって聞いてんです」

登吾が少しだけ後ろに下がると、奎は壁から身を起こして、無意識に顔を手のひらでなでた。

登吾の息がかかった耳たぶや、唇が、熱を持っている。今になって胸がどきどきしてくる。

「答えてよ。それとも、答えられないような――」

「なにもされてない」

きっぱり言いきると、登吾は眉間《みけん》のしわをほどいた。目を丸くする。

「本当に？　なにも？　キスとかされてない？」

念を押すように真剣に聞いてくる。いつもの心配そうな登吾の顔だ。

「ほんとに、なにもされてない。それに服は自分で脱いだんだ」

「奎ちゃんが？　どうして」

ふたたび鋭い目でつめ寄られて、奎は追い込まれながらも、正直に話すことにした。

「大河内さんと食事をして、『@』の客演のオファーを受けたんだよ」

「――客演って、舞台の？」

「そうだよ。オーディションは落ちたけど、個人的に大河内さんが、俺の芝居を気に入ってくれたみたいで。俺も二度とないチャンスだと思ったから……」

「それで、どうしたんですか」

「部屋で飲みなおして、大河内さんが俺の体を見たいっていうから――。も、もちろん、変な意味じゃないからな！　演出家として役者の生身を、確認しておきたいってことだから」

「わざわざベッドルームで？」

「それは――」

昔と変わらない、まっすぐな視線に耐えられず顔を伏せた。登吾はふっと、軽く笑う。

「奎ちゃん、芝居はうまくても、嘘は下手《へた》だよね」

「……」

「でも、なんとなく、事情が飲み込めてきましたよ。あとは、家に帰ってゆっくり聞くから」

そう言い終えるや否や、奎の手をつかんで広い通りに出ると、タクシーを止めた。

「電車で帰らないのか？　タクシー代、もったいないだろ」

「俺が払います。そのために、昼間もバイトしてるし。電車に乗る気分じゃないんで」

そのために、というのがよくわからないが、なにを言っても無駄だと従うことにする。

タクシーの中でも手は繋《つな》いだままで、運転手が怪訝そうにバックミラーで盗み見ていた。居心地が悪くて、指をもぞもぞと動かして外そうとするが、さらに強く握られた。

顔を赤くしてうつむく。恥ずかしかった。けれど、なんだろう。この心地よさ、安堵《あんど》感。

登吾はなにも言わず、窓の外を見つめていた。奎も反対側の窓に顔を向ける。ひと言も会話のない空間。微妙な距離。それでも、繋がった手からは互いの熱が伝わってくる。

いきなり登吾が寝室に入ってきたときは、本当にびっくりしたけれど、今となればこれでよかったのかもしれないと、ほっとしている自分がどこかにいる。

そして、このあとのことを考えると、不安でたまらない。どうすれば、登吾に嫌われずにすむのか。今までどおりのふたりでいられるのか。そばにいてもらえるのか。

奎はそればかり考えていた。


アパートに着いて部屋に入るなり、登吾は奎の腕を引いて乱暴に床に押し倒した。

「お、おい、なんだよ……！」

真上から四つん這《ば》いになって奎を押さえ込むと、鋭い目で見下ろしてくる。

「あの男が奎ちゃんを気に入ったのは、芝居だけじゃないでしょ。体もじゃないんですか」

「ばか、なに言って――」

「どうせ、客演という甘い餌《えさ》をちらつかせて、ベッドに誘ったんですよね」

図星を突かれて、奎は瞠目《どうもく》したのち、無言で顔をそむけた。

「じゃないと、奎ちゃんがあんな男の言いなりになる、理由がないからね」

それはほんの少しでも、同情する余地があるということだろうか。

「前にマサで、溝口さんに『@』の話をしてたとき、全部は聞こえなかったけど、大河内さんの名前が出てたから、なんかあるのかなとは思ってたんです」

「……そっか」

　だから出かける直前も、しつこく詮索してきたのかと、納得がいった。

「俺は、奎ちゃんから話してくれるのを待ってたのに……。どうして溝口さんには相談して、俺にはなにも言ってくれないんですか。俺は――そんなに頼りない？」

　床に手をついたまま、歯がゆそうな顔で見下ろしてくる。登吾に黙っていたのは、余計な気を遣わせたくなかったからだけれど、責められても仕方がない。

「溝口さんは俺たちより大人だし、おまえには……心配かけたくなかったから」

「――なにそれ。俺は誰よりも一番、奎ちゃんを気にかけていたいし、心配したいんだよ！」

「登吾……」

　ストレートな思いをぶつけられて、胸の奥がねじれるような痛みを覚えた。

「なんで、わからないかな……。俺はいつも奎ちゃんしか見てないし、奎ちゃんのことばかり考えてるんだ。だから嘘をつかれても、ばればれなんだよね」

　らしくない不敵な笑みを浮かべる。そんな顔もできるのかと驚いた。なにかがいつもと違う。

「あいつをかばったのって、客演の話がボツになったら困るから？」

「そんなんじゃない」

「じゃあ、なんだったんですか。人の弱みにつけ込むような、最低な男だよ」

「そうだけど、おまえが俺の目の前で誰かを殴るなんて、そんな姿見たくなかったんだよ……」

登吾は悩ましげに眉を寄せたあと、「ほんと、ずるい」と息を吐きながら上体を起こした。

奎の足に座り込むようにして首《こうべ》を垂れる。その隙《すき》に奎も手をついて身を起こした。

「だったら、なんで……あいつについていったりしたんですか。わかってて、部屋までいったんだよね。俺がどう思うか、考えなかった？　俺のことなんかどうでもよかった？」

「考えたよ。でも、あのときはそうするしかなかったんだ」

「甘い餌に目がくらんで――いやいやながら承知したってこと？　見損なったよ。俺が止めに入らなければ、あの男にやられてたんですよ。奎ちゃんは、本当にそれを望んでたの？」

「そ、それは――」

痛いところを突かれて下唇をかんだ。刺すような視線を感じて、顔を横に向ける。

「俺の目を見て、ちゃんと答えてください！」

肩をつかまれて、ゆさぶられる。横面を殴られたような気分だった。

おとなしく従うだけだった登吾が、声を荒らげて正面からぶつかってくる。大河内に殴りかかっていったときも、とても登吾とは思えない形相で我が目を疑うほどだった。

もしかしたらずっと抑圧していただけで、登吾の胸中ではつねに激しい感情が渦巻いていたのだろうか。いったい今まで自分は、登吾のなにを見ていたのかと、たまらなくなった。

「——望んではないけど、そのつもりで……覚悟を決めたから」

口にするのはつらかったけれど、登吾の目を見て答えた。もう、ごまかしたくなかった。

唖然《あぜん》とした登吾は目を見開いたまま、二の句が継げない様子だ。

「け——奎ちゃんが、役者ばかなのは知ってたけど、そんなに舞台が大事なんだ……。自分の体を投げ打ってでも……そこまでの価値が舞台にあるんですか？」

かちんときた。登吾に軽蔑《けいべつ》されるのは仕方ないにしても、舞台まで蔑まれたくなかった。

「あるよ！　おまえにはわからないだろうけど、俺にとってはそれだけの価値がある。人生かけてもいいぐらい舞台が大事で——俺は芝居が好きなんだ！」

食い入るように奎を見つめていた登吾は、諦めの表情で悲しげに笑った。

「そうだね……わかってたよ。前から奎ちゃんにとって、舞台が一番だってわかってたけど、すごく悔しいよ……。演出家とセックスまでして、大舞台に立ちたいもんなんですか」

はっきり言葉で非難されると、心臓をわしづかみされたかのような衝撃があった。実際にはそのとおりなのだが、理解はしてもらえぬ、やり場のない気落ちで息がつまった。

「けど、そんなことしなくても、奎ちゃんならいつか必ず、実力で勝ち取れる日がくるって、俺は信じてた。ずっとがんばってきたんだから、きっといつか——」

「いつかっていつだよ‼」

部屋中に響き渡るような、大きな声が出た。腹の底から熱いものが込み上げてくる。

「奎ちゃん……」

「五年後？　十年後かよ。それまで、鼻先に餌があっても、指をくわえて待つのかよ」

ふっと、吐き捨てるような笑いがもれる。登吾は険しい顔で黙っていた。

「俺だけじゃない、誰だってみんな努力はしてる。好きなことなんだから、がんばるのは当然だよ。でも、才能や実力があっても、チャンスは誰にでも巡ってくるもんじゃない。きれいなやり方だけで勝ち上がっていけるような、そんな——そんな、甘い世界じゃないって……！」

最後は声が裏返った。まるで、自分自身に言い聞かせているようだった。

(——やばい)

大河内と食事をしていたときから、緊張の糸が張りつめていて、それがさらに限界まで伸びきって、登吾にまで追いつめられて、とうとうプツンと切れてしまった。

堰《せき》を切ったように、いろんな思いがあふれ出てきて、もう自分でもどうしようもなかった。

頭の中が沸騰したようになり、胸が押し潰《つぶ》されそうに苦しかった。

「お、俺だって……ほんとは——」

興奮のあまり目尻に涙がにじんでくる。歯を食いしばって、立てた両膝に顔を埋めた。

「奎ちゃん……大丈夫？」

そっと肩にふれてくる手を、「さわんなっ」と悔し紛れに振り払った。

「汚いチャンスでも——ものにしたかったんだよ。今のままじゃ『闇サン』だって……小劇場止まりで、俺だってこのまま終わりたくない……。大きな後ろ盾があれば、劇団もこれから伸びるだろうし――、溝口さんだってもっと注目されるべきなんだ」

うつむいた頭の上で、はっと息を飲むような気配がした。

「もしかして奎ちゃん、劇団のためを思って……？」

奎は慌てて顔を上げた。

「違う。『闇サン』は関係ない。俺は自分の得になるから決めたんだ。ただ……俺が大きな舞台で活躍すれば、劇団のお客さんも増えるだろうし、結果的にそうなればいいなって――」

「……奎ちゃん、らしいね」

なにもかも見透かしたような言い方で、登吾は寂しげなほほ笑みをにじませた。

「劇団のみんながうらやましいよ。奎ちゃんにそこまで思われて……。俺は演技もできないし、舞台にも立てない。できることといったら、黙って袖《そで》で見守るだけだから」

「なに言ってんだよ。おまえだって仲間のひとりだろ。それに裏方がいるからこそ、幕が上がるんだよ。登吾が見守ってくれてるから、俺は安心して舞台に立つことができるんだ」

正面で体育座りをしていた登吾は、せつなげに眉根《まゆね》をよせた。

「だけど俺が同じ舞台で、奎ちゃんのとなりに並んで立つなんて、一生ないんだよ？」

「登吾……」

驚いた。まさかそんなふうに考えていたなんて――。

登吾は自分が舞台に立てないことに、疎外感や劣等感を抱いていたのだろうか。だからこそ、滝本《たきもと》をねたんだり、ほかの団員とも打ち解けようとしなかったのかもしれない。

「奎ちゃんが、体を張ってでも立ちたい舞台に、俺は関わることすらできない……。あの男の、足下にも及ばない。俺はどうすれば――奎ちゃんを助けてあげられるんですか……！」

登吾はこらえきれずに顔を伏せた。広い肩を縮こまらせている姿が痛々しい。

「ごめんな、登吾……。俺の勝手な都合で振り回して、おまえに甘えてばかりで、本当に悪いと思ってる。俺があぶなっかしいから、放っておけないんだろ？」

登吾はうつむいたまま黙っていた。

「でもこれからは、心配かけないようにするよ。おまえにもいろいろ相談するし……。だから登吾は俺に縛られることないというか……もっと自分を一番に考えろよ」

こわばった肩がぴくりと上がったものの、登吾は顔を伏せたままだった。

「どこでなにをしてようが、俺の心の支えになってるから。登吾は俺の自慢の後輩だからさ」

可能性はいくらでもあるのだから、登吾には本当にやりたいことを見つけてほしい、という思いが奎には前々からあった。けれど登吾はおかしそうに、肩をゆらせただけだった。

「奎ちゃんは……察しが悪いというよりも、人がよすぎるんだね」

顔を上げた登吾の瞳の奥には、腹立たしさが宿っていた。

「――ときどき、ほんと憎たらしくなりますよ」

いきなり両肩をつかまれて、のしかかるように床に押し倒された。

「……わっ、どうしたんだよ、また」

「俺は、奎ちゃんに自慢の後輩なんて思われたくないし、いつだってそばにいたいんだ！」

気持ちが高ぶっているからか、登吾は呼吸を荒くして、ただならぬ雰囲気だ。

「ねえ、いくら出せばいいですか」

「はっ？　なんの話だよ。てか、いいからどけよ、重いだろ」

起き上がろうとしたら、爪《つめ》が食い込むような力で押し戻された。

「……くっ、ばか、痛いって！」

手加減を忘れている登吾を睨み上げるが、まったく気にとめていない。奎の肩を押さえ込んで見下ろしてはいるけれど、その目にはなにも映ってないように虚《うつ》ろだった。

ぞくりとした。本能的にこの目は危険だと感じとった。

「登吾——、おまえ、なんか変だぞ」

「べつに変じゃないよ。それより、いくらあれば足りる？」

「足りるって……なにが」

「俺がもっと有名な演出家に金を払って、奎ちゃんを大きな舞台に立たせてあげますよ」

とんでもない発言に、奎はしばらく言葉を失い顔をしかめた。

「おまえ……」

「気にしないで。奎ちゃんのために貯《た》めてるお金だから、全然惜しくない。奎ちゃんが喜んでくれるんなら、俺はなんだってするよ。今の貯金で足りなければ――」

「やめろ！　登吾……おまえ自分でなに言ってるか、わかってんのか」

「わかってるよ。なんで？　それで奎ちゃんが俺のものになるなら、安いもんだよ」

当たり前のようにそう言う。屈託のない明るい笑顔。子供のころと変わらない。

泣きたくなった。

いやがらせとかではなく、奎のためを思って、本気でそうしようとして言っているのだ。

「おまえ……やっぱり今日はおかしいよ」

「そりゃ、おかしくもなるでしょ。あんな場面を見せられて。どうがんばっても俺は奎ちゃんの一番にはなれないんだから……。じゃあほかにどうすればいいのか、わからないよ！」

奎のシャツの襟《えり》を握り締めて、鎖骨の辺りに顔を伏せて叫ぶ。

苦しげにうち震える声が、心の奥を激しくゆさぶった。奇妙な熱が全身に広がっていく。

「と――登吾……」

「俺が今までいったい、なんのために我慢して――。ずっと、奎ちゃんのこと……！」

いきなり腕を乱暴にはぎ取られると、すぐ目の前に登吾の顔が迫ってきた。わけがわからないうちに、目を開けたまま唇を塞《ふさ》がれていた。勢い余って歯がぶつかる。

「ん――くっ！　な…なに、や…って」

とっさに顔をそむけて逃れると、登吾は苛立《いらだ》たしい様子で目を細めた。

「あんな男に取られるぐらいなら――。いっそ無理やりにでも自分のものにしたいよ！」

再度、荒々しいキスで口を封じられた。かぶりを振りながら胸を押し返そうとしたら、両方の手首をつかまれて、頭の上で無理やり拘束される。

「ちょ…、おい、離せって！」

「奎ちゃん……お願いだから、俺を――受け入れてよ」

お願い……、と眉尻を下げて、泣きだしそうな顔で哀願されて、全身の力が抜けた。

強烈な既視感に襲われた。この表情と同じ悲しげな顔を、奎は知っている。

五年前。高校の部活帰りに緑の多い農道で、『俺、卒業したら東京にいくから』と言うと、登吾は眉を八の字にして口元をきゅっと引き結んだ。必死になにかをこらえていた。

胸が張り裂けそうだった。

そんな顔をされたらもう抗《あらが》えない。一度は捨て去ったからこそ、ここで突き放すのは酷だと思えた。息を吐いて目を閉じたら、待ちかまえるようにして唇が押しつけられた。

「――っ…」

さきほどの余裕のないキスとは違い、ゆっくり慎重にふれてきて、優しく上唇を吸った。丁寧についばみながら、舌を差し込んでくる。自然に互いの舌がからみ合った。

「ふ…っ」

登吾の舌は熱っぽく大きくて、まるで好奇心いっぱいの子供みたいに、口腔《こうこう》をまさぐった。

男とのキスははじめてなのに、相手が登吾だからか、なつかしさと心地よさを感じた。

「んっ…」

角度を変えながら唇を食《は》み、舌先で歯列をなぞっていく。キスが深くなればなるほど、奎はとろけるような感覚に身を任せた。気がついたら舌が首筋を這っている。

「あ——、えっ、こら……」

調子にのるなと、頭を起こそうとしたら、絶妙なタイミングでふたたび唇を吸われた。

冷静さを取り戻そうとすると、甘い口づけで翻弄《ほんろう》されて、流されてしまう。

全力を出せばはねのけられるのに、なぜかそれもできない。甘んじて受け入れているのは、登吾のキスがいやじゃないからだ。そんな自分にわずかな戸惑いも覚える。

(——どうしよう……。これ、やばい)

キスだけではとどまらない様子の登吾が、シャツを開いて胸元に顔を寄せていく。

「ま、待て、くすぐったい」

「……奎ちゃん、いい匂《にお》いがする」

覆い被さった大型犬のように、くんと鼻を鳴らす。フレグランスの香りが気に入ったのか、肌の匂いをかぎながら、胸の中央の窪《くぼ》みに舌を這わせた。

「——あっ」

ダイレクトな肌の刺激に、びくっと肩が上がる。変な声が出て自分でも焦った。

男同士でも登吾が相手なら嫌悪感はなかったけれど、これ以上は本能的に危険だと悟った。

「登吾……もう離れろよ。悪ふざけも終わりだからな」

「悪ふざけ？」

「そうだよ。こんなの、しゃれになんないだろ。やっぱおまえ、欲求不満なんだっての」

登吾は鋭い目で睨みつけてくる。なにかが気に障ったようだ。

「たしかに溜まってるけど——まだわからない？　俺はいつだって奎ちゃんに本気なんだよ」

片手であごを押さえつけられて、床に頭を打ちつけた。

「いてっ！　くっそ、いい加減にしろよ。無茶すんじゃねえ——」

言葉が途切れて、体がこわばった。登吾の手が股間《こかん》をなで回している。

「は？　いや、あの、ばか、なにやってんだよ！　そ、そんなとこさわるなって……！」

足をばたつかせると、あごの下を軽く締められて咳《せ》き込んだ。

「ちょ……やめ、く——苦しいって」

「奎ちゃん、お願いだから、おとなしくして」

両手で登吾の腕をつかんで外そうとするが、気が動転して力が入らない。

息ができないほどではないけれど、まさか登吾がこんな乱暴なことをするなんて——。

信じられなくて頭が混乱する。それでも、おかまいなしに登吾は続けた。

「ここ、気持ちよくない？」

耳元でささやくようにそう言うけれど、やってることはほぼ強淫だ。力でねじ伏せられて、ズボンの上から揉《も》みしだくようにさわられている。登吾の息が荒くなってきた。

「や、やめろって！」

キスは抵抗なかったけれど、さすがにこんなの受け入れられるわけがない。押さえ込まれているだけで、プライドを傷つけられているのに、そのうえ手淫なんて冗談じゃない。

「――登吾！　俺も本気で怒るからな！」

「いいよ。奎ちゃんも、本気になりなよ。俺も、幼なじみごっこなんて、もうやめるから」

ベルトを外され、ファスナーに手がかかり、はっと目をみはる。

「い、いやだ！　やめろ、ばか、登吾！　痛っ……！」

萎《な》えた性器を強引に握り込まれて、恥ずかしさと悔しさから強く目をつぶった。

ショックだった。

今まで登吾は奎のいやがることなど、なにひとつしなかった。飼い主に懐く犬のように従順だったのに、体の上にのった途端、隠していた鋭い牙《きば》をむき出しにした、狂犬のようだ。

――こんなの登吾じゃない。

落胆とひどくやるせない気持ちで、抗う気力さえも奪われて体を投げ出した。

「奎ちゃん……、俺の手じゃ、感じない？」

指が乱暴にからみつき、忙《せわ》しない動きで敏感な先端をこすっていく。軽く握った手の筒で、強弱をつけて上下にしごかれて、ときどき根元の膨らみを揉まれた。

「や――やめ…っ…」

感じるわけなんてない。心の中ではそう思っているのに、登吾の愛撫《あいぶ》で体がじわじわと反応しはじめているのが自分でもわかった。節操のなさに、消えてなくなりたい気分になる。

「……奎ちゃん、かわいい」

耳たぶを甘がみするように言われて、顔から火が出る思いだった。

「く――っそ…」

「もっと、気持ちよくしてあげるよ」

先端からにじみ出た粘り気のある液を、指の腹でぐりぐりとなで広げられ、腰が浮き上がりそうになる。自分が自分じゃなくなっていく感覚に、ぞわりと鳥肌が立った。

(俺も変だ……。こんなの、俺じゃない……!)

胸の奥がざわついて、危機感が蠢動《しゅんどう》のように背筋を駆け抜けた。一気に現実に立ち返った。このままだと、ふたりとも引き返せなくなる。もうもとには戻れない。

「登吾……やめてくれ。頼むから――」

「ここまできて無理だよ。ごめんね、奎ちゃん……」

耳になじんだ声はいつもの登吾なのに、熱を帯びた手だけが別人のようだ。

ほんの少し前、登吾はタクシーの中で優しく包み込むように、奎の手を握っていた。その同じ手で、今は奎の下着の中を荒々しくまさぐり、中心をもてあそんでいる。

いやだ、やめろと何度も言っているのに、登吾は聞いてくれない。

信じて疑わなかったその手が、脅かすこともあるのだと、できれば知りたくなかった。

登吾だけは、自分の味方だと思っていたのに――。

怖い。登吾が、怖い。自分が怖い……。

得体の知れない不安が込み上げてくる。自然と涙がにじみ出た。

目の前が歪んで見えなくなって、世界がいっぺんに水の中に沈んだみたいに視界がゆれた。

泣きたくないのに、熱い塊が喉まで迫《せ》り上がってきて、もうなにがなんだかわからない。

「ひ…っ、ぅ…ぐっ」

両手で顔を覆ったら、さらに涙がぼろぼろと流れた。涙だけではない。今すぐ胸が破裂するんじゃないかと思うぐらい、苦しくてせつなくて、言葉にならない感情があふれ出た。

「け――奎ちゃん……?」

床に腕をついて、のぞき込むように見下ろしてくる。顔を隠して肩を震わせている奎に、登吾は驚いて全身をこわばらせた。しばらく口がきけずに、目を見開いたままだ。

「――えっ、嘘……泣いてるんですか?」

ぼうぜんとした声だった。ようやく正気を取り戻し、ひどいことをしたと理解したようだ。

「俺──な、なにをやって……。すみません！　痛かったですか……？」

壊れ物にふれるように肩にそっと手が置かれたが、奎は顔を覆ったまま横に向いた。

「や、やめろって、俺は、そう、言ったのに……。なん…でっ…！」

声をつまらせながら、涙まじりに訴える。

体裁や見栄《みえ》など気にする余裕はなかった。ただ、登吾に自分の気持ちを知ってほしかった。

すごく怖かった。登吾が登吾じゃなくなったようで、怖かったのだと──。

「おまえ、いつから……そんな男に、なったんだよ。俺の知ってる登吾は、もっと──」

「も──もうしません、しないから！　お願い……奎ちゃん、泣かないでください」

登吾は今になって、自分がしでかしたことの大きさに気がつき、慌てふためいていた。

ごめんなさいと、奎の肩に額をすりつけるようにして、何度もあやまる。

くぐもった震える声で、申し訳なさそうに頭を下げられて、余計に涙が止まらなくなった。

登吾の前で大泣きするなんてみっともないと、こらえようとするけれど無理だった。決壊したダムのように、あふれ出る思いと一緒に、次から次へと涙が頬を濡《ぬ》らした。

「ど、どうしよう……、俺はどうしたらいいですか。奎ちゃん、怒ってるよね？　あやまって許されることじゃないけど……。俺、あやまるしかできないです」

登吾も涙声だ。奎にふれたいけれど、ふれてはいけないのではと、迷っている様子だ。

腹立たしい気持ちより、今はひたすら悲しかった。悔やんでいる登吾も、情けない自分も。

互いに相手を傷つけたくないと思いながら、傷つけてしまうことが、悲しかった。

「奎ちゃん……お願い、教えて。俺は、どうしたらいいですか」

心の底から心配したような声音に、胸の奥がぎゅっと締めつけられる。

「――見るな」

「……えっ」

「俺を、見るなよ……！」

登吾の目から逃れたい一心で、床に横たわったまま、胎児のように丸まった。

子供のころから奎は、登吾に弱音を吐いたり、情けない自分を見せないようにしてきた。

それが今日一日で丸裸どころか、奎さえも知りたくなかった、もろく弱い自分を引き出されてしまった。おまけに醜態までさらしてしまい、いたたまれない気持ちでいっぱいだ。

「奎ちゃん……」

「こんな姿、おまえにだけは見せたくなかったよ……。大河内さんのことだって、登吾に一番知られたくなかった……！　こんな、かっこ悪い俺――。こんなの、俺じゃない！」

声を荒らげると、奎の頭を抱きかかえるようにして、登吾は身を伏せた。そのまま奎の上体を起こすと、膝立ちで胸の中に抱きとめる。心ごと抱き締められたようでドキリとした。

「床で泣いてる奎ちゃんは、見ていて俺もつらいです。腕の中なら顔は見えないから……」

泣きたいなら泣いていいよ、ということだろうか。

けれど、登吾の胸に顔を押しつけられて、かすかに伝わってくる鼓動を感じていると、徐々に気持ちは落ち着いてきて、涙も乾いてきた。

登吾の腕の中に包まれていると、大切に守られているようで、とても心地よかった。さきほどまで、奎を辱《はずかし》めていた同じ手とは思えないほど、優しくて頼もしい。

奎がもっともよく知る、本来の登吾の姿だ。

「さっき奎ちゃんは、こんなの俺じゃない、と言ったけど——。そんなことない、奎ちゃんは奎ちゃんですよ。どんな奎ちゃんも、俺が大好きな奎ちゃんだから……」

やわらかい声で言いながら、あやすかのように背中を優しくなでている。その、大きな手が上下するたびに、胸の奥に疼くような熱と、甘苦しさが広がっていった。

「登吾……」

顔を上げようとしたら、やんわりと頭の後ろを押されて、強く抱き込まれた。

「俺にとって奎ちゃんは——子供のころから眩《まぶ》しい存在で、いつも周りに人が集まってて、場を盛り上げるのが上手くて、誰からも好かれてて——。でも、俺だけに我がままを言ったり、甘えてくれたりするのがすごく嬉しかった……」

過去をなつかしむ、おだやかで静かな口調に、奎は耳を澄ませた。

「俺のせいで……奎ちゃんを泣かせてしまって悪いと思ってるけど……。俺は——俺だけしか知らない、奎ちゃんのいろんな顔が見たいです。もっと、たくさん見せてください……」

耳元で切望するようにささやくが、奎は不思議と迷いがなかった。

「俺は――いやだ。これ以上、みじめになりたくない……」

力でねじ伏せられたことへの反発も少しはあった。それに、登吾がどんな奎も受け入れられるとしても、自分自身がいやなのだ。登吾の前ではつねに大きくかまえていたい。くだらないプライドだとはわかっているけれど、登吾が特別の相手だからこそ、気弱な自分は見せたくなかった。いつでも登吾の数歩さきを歩く、眩しい存在でいたいのだ。

「おまえ、もう帰れよ。俺はここでのこと――全部忘れるから」

そう言いながら軽く胸を押し返すと、登吾は息を飲んで体をこわばらせた。動揺を隠せないのか、しばらく無言のまま微動だにせず、奎を腕の中に抱き込んでいる。

「登吾、聞こえなかった？　俺は、帰れって言ってんだよ」

最後通告のように強い口調で命令すると、登吾はびくっと肩を持ち上げた。

「……わかりました」

深い息を吐き、奎の肩を持ってゆっくりと引き離すと、静かに立ち上がった。

床を見つめたまま、両方の拳を握って棒立ちになる。

「奎ちゃんは――なにもなかったことにしたいんですね……。それで、平気なんですか？　俺は絶対に忘れられない。なかったことなんかにできないよ……」

絞り出したような沈痛な声に、聞いてるこっちまで胸が押し潰されそうだった。

哀れに思えるぐらい、登吾は打ちひしがれている。けれど、今このタイミングで確認しないと、言い出せないままうやむやになってしまいそうで、奎は腹をくくった。

「おまえさ、俺のこと好きって言ってるけど……、その『好き』って、友情とは違うんだろ？こんなことするぐらいだから、その、なんて言うか——」

「奎ちゃんは、どうなんです？」

「えっ」

「俺のこと——、奎ちゃんはどう思ってるんですか」

顔を上げた登吾と目が合う。ひどく真剣な眼差《まなざ》しに、つい目をそらしてしまう。

「それは……、生意気だけどかわいい後輩で——大事な幼なじみだよ」

いつもそばにいてほしいし、いなくなるととても困る。登吾は登吾で、代わりがきかない。そのまま正直に口にするのは照れくさくて、無難な言い方をしてしまった。

登吾を誰よりも独占したいという気持ちはあるけれど、それが自分にとって都合がいいからなのか、それともっと違う感情があるからなのかは、今はよくわからなかった。

「……そうですか」

未練を断つように天井を見上げると、登吾は遠くを見るような顔で打ち明けた。

「俺は、子供のころからずっと奎ちゃんが好きで……。でも、こんないやらしい気持ちを知られたら、嫌われるかもしれないって隠してきたけど——。今日はどうしても無理だった。俺だって、奎ちゃんとキスしたり抱き合ったりしたいのを、死ぬほど我慢してきたのに……」

はっきり言葉にされて、戸惑いはあったものの、嫌悪感はなかった。

「どうせ、奎ちゃんは俺のものにならないし、あんな男に横取りされるぐらいなら、嫌われてもいいから無理やりにでも俺が——という気になって……。おかしくなってたんです」

すみません、と申し訳なさそうな態度で、うつむいて口を閉ざした。

「おまえ……、本当に俺にキ——キスしたいとか、ずっとそう思ってたのか？」

今になってどぎまぎしてしまうが、登吾は冷静でうっすら笑っていた。

「キスだけじゃなくて、それ以上のことも想像してましたよ。奎ちゃんのことを考えすぎて、眠れないときがあって、そんな夜は奎ちゃんでこっそり抜いたりしてました」

「——はあっ⁉」

思わず大きな声が出た。そんな情報はできれば知りたくなかった。

「夜中、アイスを買いにいくときも、コンビニで少し時間をつぶして、遅く帰ってたり」

「なんでわざわざ……？」

「寝落ちした奎ちゃんに、キスできるからです」

「……」

絶句した。そこまで計算していながら、すました顔で使い走りにいっていたとは——。

その堂々たる態度に、むしろ登吾のほうが役者に向いているんじゃないかと思った。

そういえばたまに昼寝から目覚めると、なぜか登吾が顔をのぞき込んでいたときもあった。

「お、おまえ……もしかして、しょっちゅうそんなこと――」

顔が熱くなってくる。恥ずかしさが最高潮に達して、むだに胸がドキドキしてきた。

今すぐわああと大きな声をあげて、その場を走り回りたくなった。

「――すみません、気持ち悪いですよね。でも、本当なんだ。これが、俺なんです。奎ちゃんは知りたくなかったかもしれないけど……。今夜の俺も、俺の一部なんです」

神妙な面持ちで立ち尽くしたまま顔を伏せる。そのまま黙ってしまった。

部屋の中が静まり返ると、奇妙な緊張感と気まずさが漂い、奎もなにも言えなくなった。

思い上がりがあったのだろう。幼少のころからのつき合いで、互いに誰よりも知り尽くしている、という。けれど、もちろんそうじゃない。知らない一面があって当然だ。

奎のあとを泣きながら追いかけてきた登吾。いくつになってもそのイメージが抜けないのは、そのままでいてほしいという無自覚な願いがあったからだ。

それこそ奎のエゴで、登吾にとっては迷惑だ。だから、こんな状況に陥ってしまったのだ。

――登吾をこれ以上傷つけたくない。でも、俺は……。

登吾は奎を好きだと言った。男同士とかものともせず、体を繋げたいほど好きだとはっきり口にできるのが登吾らしいところで、そんな潔さが奎はうらやましかった。

そこまでの覚悟が奎にはない。大河内との一件は、ビジネスとして一夜かぎりと割り切れたけれど、登吾はそうじゃない。大切な人だからこそ、生半可な気持ちになれない。

もし、今すぐ返事がほしいというのなら、奎は登吾の気持ちには応えられないと思った。

「登吾、お――俺は……」

「わかってます。奎ちゃんが、違う――ってのはわかってたから。もう二度と、さわらない」

自分で口にした言葉に、ひどく絶望したような、沈んだ顔で口元を引き結んだ。

『違う』と言われて、胸の奥がきゅっと縮まるような、引っかかりがあった。なにがどう違うのか。登吾の言おうとしてることが、具体的に伝わらなくて、もやもやした。

奎も登吾のことはもちろん好きだけれど、それが登吾と同じ『好き』かと聞かれると、たしかに『違う』と思った。そもそも今まで一度も、登吾とキスしたいなんて考えたことはない。

けれど、実際にキスされていやじゃなかったし、むしろ心地よかった。心理的なダメージが大きかったのは、下半身をさわられたのが力ずくだったからだ。

登吾とともに過ごした長い時間のなかで、奎の胸中にはさまざまな思いが蓄積している。

登吾に抱く特別な感情を、『違う』のひと言で決められてしまうのは不満が残った。

だからといって、じゃあどういう思いなのか説明するとなると、それもできないのだ。

自分で自分の気持ちがつかめない。ただ、登吾のことを考えるとどういうわけか、体の熱が上がる感覚があって、その熱がどこに向かおうとしているのかがわからないのだ。

「もう、帰ります……」

おもむろに背を向けて玄関へと歩いていく。途中で足を止めたが振り返らない。

「奎ちゃん、俺が偉そうには言えないけど……、自分を安売りするのだけはやめてください。今夜のこと——奎ちゃんは忘れてしまうのかもしれないけど、俺は死ぬまで覚えてる。だってこの気持ちは、一生変わらないから」

「——」

胸に刺さる熱い告白に、言葉も出なかった。いつも凛《りん》としている背中が憂いに沈んでいる。その姿を見ていたら、「全部忘れる」と口にしてしまった自分を猛烈に責めたくなった。

「俺は奎ちゃんがいれば——ほかに誰もいらないんだよ。家族や友達とか、彼女も必要ない。俺の世界には、奎ちゃんだけだから。ほかにはなにも存在しなくていい……」

独白のようにそう告げると、登吾はドアから出ていった。

ひとりになった途端、足の力が抜けて、その場にへなへなと座り込んだ。

登吾が打ち明けた思いの丈が部屋中に濃く充満して、身動きできないぐらいに締めつけた。

息苦しくて窒息しそうだ。

——重い。登吾の気持ちは、今の奎にとっては重すぎた。

とても、ひとりで抱えきれるものじゃない。

(俺はどうしたら……)

うずくまって頭を抱えたい気分だったが、なんとか起き上がってベッドに横になった。

着替えるのも億劫《おっくう》で、天井をぼんやり見上げる。今になってどっと疲労感が襲ってきた。明日のバイトは早番なので、シャワーを浴びて早めに寝ないといけないのだが、それどころではない。なにもする気にならないし、すんなり眠れるわけがなかった。

今日一日でいろんなことがありすぎて、大河内との一件は登吾に上書きされてしまった。

『——それで奎ちゃんが俺のものになるなら、安いもんだよ』

『どんな奎ちゃんも、俺が大好きな奎ちゃんだから……』

『——俺は死ぬまで覚えてる。だってこの気持ちは、一生変わらないから』

登吾のいくつもの重苦しい言葉が、頭の中をぐるぐると回って、奎の心をかき乱した。

芝居以外で、奎が思い悩んだりするとしたら、それは昔から登吾のことだった。東京へいくとひとりで決めたときも、まず一番に登吾の顔が思い浮かんだ。

奎にとって登吾は家族同然の存在で、一緒にいるのが当たり前で、一番の理解者だと思っていた。小さいときは登吾につきまとわれて、わずらわしく感じるときもあったのに、いつからか奎のほうが、登吾を心のよりどころとするようになっていたのだ。

もし、失ってしまったらどうなるのだろう——と、いう不安が心の隅に芽生えはじめ、上京を機に自分から一度手放した。それでも登吾は奎を追いかけてきた。

登吾が言ったとおり、いつまでも東京での『幼なじみごっこ』が続くとは思っていなかった。けれど、こんなかたちで終わってしまうのはいやだった。

奎がいくらなかったことにしようとしても、もう今までどおりというわけにはいかない。登吾の気持ちを知ってしまったからには、このままではいられない——。

（はっきりさせないと……）

登吾のためにも、自分のためにも。

今は気持ちの整理がつかないにしても、時間をかけて真剣に考えなければならない。

ふたりにとって、最善の方法があるとしたら、それは——。

今度の舞台公演を目処《めど》に、それまでにどうするべきか、踏ん切りをつけようと決めた。

＊＊＊

四月に入ると桜も三分咲きとなり、街の喧噪《けんそう》を忘れさせるかのように春色に染めた。

平年より全国的に開花が遅くなっていて、来週あたりがちょうど満開になるようだった。

『闇サン』の公演も差し迫っており、五日間の上演日程で、来週の日曜が千秋楽だ。

登吾《とうご》とはあの夜以降、ぎくしゃくしていた。

翌日、登吾は一度も奎《けい》の部屋には姿を見せず、連絡もなかった。昨日の今日で顔を合わせたくない気持ちはわかるけれど、避けられるのもつらかった。

三日目には奎のいない時間を見計らって、食事を作りにきていた。奎がバイトから帰ったら、テーブルに夕飯が準備されていて、いじらしさにため息が出た。

携帯から『ご飯ありがとう。でも、無理しなくていいから』とお礼のメールを送ると、『俺にできるのはこれぐらいしかないから、させてください』と返信があった。

だったら食事だけでも一緒にしないかと送り返すと、間を置いてから『奎ちゃんに合わせる顔がないです。しばらく頭を冷やしたいので、ひとりの時間をください』と返ってきた。

まだ気にしているのかと、胸が痛んだ。優しい登吾のことだから、自分の思いを遂げられない苦しさよりも、奎に乱暴を働いて泣かせてしまった事実を、そうとう反省しているようだ。

奎としてはそんなことよりも、登吾が心配だった。

体調は大丈夫なのか、思いつめて食事をしてないんじゃないか。稽古場《けいこば》にも出てこないので余計に気になった。本当は顔を見たかったが、会いにはいけなかった。

登吾がひとりでいたいと言っている以上、奎のほうから顔を見せて混乱させたくなかった。それに、奎自身の気持ちもまだ定まってなかったし、登吾に会ったところで、なにをしてあげられるだろうかと考えても、なにも思いつかないのだ。

登吾がひとりで苦しんでいるのに、そばにいられない自分がはがゆかった。

このまま連絡が途絶えてしまうのが怖くて、奎はこまめに携帯からメッセージを送った。

——今日もご飯が美味《おい》しかった。ありがとう、ごちそうさま。

——商店街でロケやってたぞ！　芸能人きてた！

——機材のレンタル手配、そろそろよろしくって、溝口《みぞぐち》さんが。

いつもの挨拶《あいさつ》からはじまり、その日あったどうでもいいことや、舞台の連絡事項など。

ふたりで食事をしながら話していた、たわいない内容まで、思いついたら携帯キーを叩いた。

目の前に登吾はいないけれど、いるかのように、気持ちを込めて話しかけた。

登吾も同じように、いつもと変わらず返信してくれた。

——それはよかったです。明日はハンバーグにしますね。

——マジですか！　誰がきてました？

——了解です。溝口さんに連絡します。

ひとつひとつのメッセージを読んだだけで、登吾の声が聞こえて表情まで頭に浮かんだ。

自然と頬《ほお》がゆるんだ。でも、心の奥深いところで、強烈な違和感を覚えていた。

あきらかにぎこちなさが漂っている。その自覚はあるし、登吾も同じだろう。互いに相手を思いやり、今までどおりを必要以上に意識しているからこそ、知らず知らず無理が生じてくる。

それでも肝心な問題は宙ぶらりんのまま、携帯でのささいな日常会話のみで、どうにかして関係を保とうとしている。ふたりにとっては、それがせいいっぱいだった。

奎は全部忘れると言ったけれど、もちろん忘れてはいない。今となっては登吾のことばかり考えていた。部屋でひとりで食事をしているときや、バイト先のコンビニでさえも——。

いったん登吾の顔が思い浮かぶと、思考を支配されたかのようにしばらく頭から離れない。

唯一、考えないですむのが稽古中で、奎は芝居に対して心の持ち方が少し変化した。

今までは自分とは違う誰かになれるのが楽しくて、役に入り込むという感覚だったけれど、どんな奎も奎なのだと登吾に言われたことで、自然と演じ方が変わってきたのだ。

『これで、拙者を斬《き》りつけるのじゃ！　お主の願いはそれで叶《かな》う』

役を自分の中に引きずり込む。役を自分と切り離さない。

『お主ならできる！　はな殿を取り戻したい、そう申されたのは空言《くうげん》だったのでござるか！』

新しい自分が見えてきて、感情の幅が広がり、自然と芝居にも深みが増してきた。

「有坂くん、すごいよ……。ここにきて仕上げてきたね」

本番が楽しみだよ、と溝口は笑顔で絶賛した。

大河内《おおこうち》との一件は溝口には話していない。だめになった、とわざわざ言うのも心配をかけるだけで、どうしてそうなったのか、という事情を話さないわけにもいかない。

登吾は仕方ないにしても、できるかぎり内密にしたかった。

大河内からは、奎の携帯電話に何度か着信があったが、あえて出なかった。

客演の話は白紙になっているだろうし、もし日をあらためてもう一度会えないかと言われても、やり直すつもりはなかった。もう自分には関係ないのだと、忘れることにした。

登吾に自分を安売りしないでくださいと、言われたのも大きいが、なによりこれ以上、登吾を傷つけたくなかった。悲しい顔をもう二度と見たくない。

登吾とキスして体にふれられて、はじめてわかったのだが、男同士の行為があんなに勝手が違うものだとは考えていなかった。女性相手と違って、自分が受け身側だからだろうか。

体は反応して心地よさもあったけれど、気持ちは尻込《しりご》みして追いつかない。好きじゃないとできない行為だ。どれだけ相手を信じて、身を任せられるか。

登吾だから途中までは許せたけれど、あかの他人、ましてや大河内と、枕営業の一環として抱き合うなんて、今は想像しただけで悪寒が走った。気持ちより体が受けつけない。

あの夜は、ベッドの上で芝居をするつもりで覚悟を決めたものの、登吾に組み敷かれて愛撫《あいぶ》をされて、その生々しさを知った今となれば、ほかの男とは絶対に無理だと思った。

だったら、どうして登吾なら平気なのか——。

仲のいい友人と酔った勢いで、キスする感覚に近いのかもしれないが、その場合本気で感じたりはしないだろう。奎は登吾にキスされて体が興奮してしまったのだ。

(——俺も、あいつが好きなのかな?　でも、どんなふうに……)

考え出したらきりがなくて、まるで出口のない迷路に迷い込んだように、ずっと同じ場所で立ち止まったまま思い悩んでいる。

『奎ちゃん……お願いだから、俺を——受け入れてよ』

あの夜、登吾は泣きそうな顔でそう言った。

途中で奎は、登吾の思いを抱えきれずに放り出してしまったけれど、最後まで受け入れていたらどうなっていたのだろう。ふたりの関係は大きく変わってしまっていただろうか。

奎がもっとも恐れたのは、登吾との関係が終わってしまうことだ。

登吾と一緒にいられなくなる――。それが、一番怖くて、不安だった。

我がままでよくばりだとは思うけれど、これからもそれぞれが目指す道を進みながら、登吾とだけはずっと縁を切らないまま繋がっていたいと心から願う。

（――登吾に会って、きちんと話し合わないと……）

このまま中途半端な関係でいたくない。登吾を失いたくない。

喉《のど》に刺さった小骨のように、ちくちくとした痛みを引きずって、歩いていくのはいやだ。

さきが見えない薄暗い道でも、少しずつ手探りで進んでいきたい。

ここで立ち止まりたくない。

登吾と直接言葉を交わしたのは、『闇サン』の舞台公演の前日だった。

それまで溝口とは連絡をとりあって、小屋入りの準備などを進めていたようだが、十日ぶりに劇場で顔を合わせた登吾は、心なしかやつれたようで、頬がシャープになっていた。

携帯で何度も近況を報告してきたものの、実際に顔を見たら胸がつまった。たった十日でも、なつかしさが込み上げる。長く会わなかった時間を実感させられた。

「よお、元気だった？　——と聞くのも、なんか変な感じだよな」

大道具の搬入からはじまり、仕込みの最中で、奎は作業をしながら苦笑する。

「あっはい、元気です。け……有坂《ありさか》さんも、元気でしたか？」

「は？　なんだよ、その言い方〜。他人行儀だな！」

背中を強く叩《たた》くと、登吾は前のめりになって、運んでいたパイプ椅子《いす》を落としそうになる。

「いや、みんないるから、名前で呼ぶのは……」

「あ——そうそう、そうだった！」

自分で言っておきながら忘れていた。ばつの悪さを笑いでごまかす。

もしかしたらあの一件を意識して、必要以上に硬くなっているのかと考えすぎてしまった。

今となれば『奎ちゃん』のほうがしっくりくるので、なんとなく距離を感じてしまう。

「登吾くーん、客席を建て終わったら、幕吊《つ》りを手伝ってもらえるかな」

舞台監督と段取りの打ち合わせをしながら、溝口が申し訳なさそうな顔で指示をだす。

「わかりました。すぐ終わらせます」

奎をちらっと見たのち、椅子を持ったまま小走りになると、所定の位置に並べていく。

小屋入りをしてから、設営を終えるまでの時間は限られているので、ゆっくり話す時間などない。その背中に一瞬だけ視線をとめて、奎も割り切ってすぐに自分の作業に戻った。

それほど広くはないスペースはまだがらんとしている。団員やスタッフ、友人ボランティアを含めた総出で、声をかけあいながら手分けして、慌ただしく舞台の設営を進めていた。

照明と音響の仕込みが終わると、場当たり稽古がおこなわれる。

主に照明や音響、転換のきっかけになるところを中心に、抜き稽古をしていく。基本は照明や音響の確認だ。芝居の稽古ではないので、役者の演技は省略される部分も多い。

場当たりが終わると、いよいよゲネプロ、リハーサルだ。開場からカーテンコールにいたるまで、照明、音響、衣装などすべて、本番と同じ条件でおこなう通し稽古。総仕上げだ。

たとえ途中で間違いがあったとしても、そのまま最後まで中断せずに進める。

完成したばかりの舞台に、衣装を身につけたキャスト全員が集まった。

数時間前まで薄暗い小屋のようだった空間が、客席に椅子が並び舞台セットが組まれただけで、数多くの感動を生み出す劇場となる。その板の上に立つことができるのは役者だけだ。

(――この感覚……たまらないな。ぞくぞくする)

足の裏から、電気が走るような震えが這《は》い上がってきて、鳥肌が立ち、血がたぎる。

――明日からは、ここで芝居ができるのだ。

その嬉《うれ》しさと喜びで、今までの苦労や不安などはどこかに吹っ飛んでしまう。

やっとステージに立てたときの、この言い知れぬ感覚は、何度経験しても色あせない。

「さてと、じゃあ、はじめようか～」

舞台監督のとなりで、溝口が緊張感の欠けた笑顔でそう言う。

ここまできたら、あとはみんなの好きなように楽しくやってね、という態度。それだけ役者たちを信頼しているのと、リラックスさせようとしてくれているのだ。

今回の『Ｔｈｅこたつ☆侍』では、筋書き的には滝本《たきもと》が演じる『ゆきお』が主人公ではあるが、彼にからむ『こたつ侍』のほうが重要な役割で、ある意味では奎が主役ともいえる。

設定は現代なので、『こたつ侍』以外の役者は、一般的な服装だ。自分たちの手持ちの服を、衣装として使っている。奎は薄汚れた無地の着物と袴《はかま》、頭は総髪で、見た目は浪人風情だ。

ただ、腰には刀のかわりに長い棒、頭のてっぺんには、作り物のみかんが一個くっついている。みかんは特殊な細工をして、あご紐《ひも》で落ちないように固定していた。

『こたつ侍』に名前はなく、幻想のキャラクターなので、本物の侍らしさは必要ない。言葉使いも、あくまで侍ふうであり、ときおり笑いをとるために、現代語もまざる。こたつの電源が入ったときにだけ、こたつの中から姿を現すので『こたつ侍』だ。

ようするになんでもありだ。

「リアルに、頭にみかんがのってる……」

ゲネプロの最中に、舞台の前を通りかかった登吾は、呆気《あっけ》にとられて足を止めた。観客席の中央では、溝口が満足げな顔で芝居を観ていた。近くにきた登吾に声をかける。

「登吾くん、はじめてだっけ。衣装通しの日はいなかった？」

「俺、しばらく……稽古場には顔を出してなかったから」

「あれ、そうだったかな」

目をまばたきながら言うけれど、それがとぼけたふりだと、登吾もわかっていた。

「有坂くんと、なにかあった？」

「——え」

「あっ、いや、いいんだ。変なことを聞いて悪かったね」

登吾が表情を曇らせた途端、溝口は話題を切り上げて正面に向き直った。

気を遣ってくれたのは一目瞭然《いちもくりょうぜん》で、登吾は黙り込んで同じようにステージに目を向けた。

舞台の上では、『こたつ侍』に入り込んだ奎と、『ゆきお』役の滝本が、大きな声で言い争っている。場面は中盤にさしかかっていて、セットは部屋の中だ。

『そういうわけにはいかぬ。拙者は……お主が心配なのだ！』

怒って部屋から出ていこうとする『ゆきお』を、『こたつ侍』は悲しげな顔で引き止める。

『どうか……拙者の申すことを、聞き入れてはくれぬか。お主には、もう——』

熱演する奎を登吾は食い入るように見ていた。

「け——あっ、有坂さんの芝居、ちょっと……変わりましたね」

「ああ、登吾くんも気がついた？　さすがだね」

振り返って嬉しそうな顔をする溝口に、登吾は体裁が悪くなって目をそらした。

「具体的にどこか大きく変わったわけじゃないんだけどね。表現の仕方というか、余裕かな。

内面に微妙な変化があったのかもね。まあ、アドリブが多いのは、変わらないけど」

本番でも、奎は公演のたびに違うアドリブを入れるので、からむ相手はそれなりの心構えが必要だ。一度かぎりの生きたセリフが、ぴたりとはまる瞬間が快感で、やめられないのだ。

「余裕ができたぶん、遊び心がさらに増えちゃったね……」

アドリブの応酬が続き、溝口は腕時計を確認しながら苦笑する。

「でも俺は――今のほうが好きです。奎ちゃん、らしくて」

名前を口にしてから、しまったと登吾は少し焦ったが、

「僕もだよ」

溝口はまったく気にとめず、笑顔でうなずいた。

ゲネプロのカーテンコールを終えると、予定より少し時間はオーバーしていた。溝口から、

「ほどほどにね」と肩を叩かれた奎は、まだ興奮状態でぼんやりしている。

舞台を下りても、しばらく役が抜けないのはいつものことだ。

外は真っ暗で、スタッフ以外のキャスト団員は、明日に備えて切り上げた。登吾は溝口とともに居残って、舞台セットの最終チェックと楽屋の掃除をするようだ。

（――明日は無事に幕が上がり、楽日《らくび》まで事故なく続けられますように……）

ストレッチのあとベッドに入った奎は、気持ちを落ち着かせながら、舞台の神様に願いを込める。まずは、問題なく幕が上がること。いい芝居ができるかはその次だ。

結局、登吾とはほとんど話もできなかったけれど、顔を見られただけで少しはほっとした。帰り際にお疲れさんメールを送ったら、激励のメッセージが入っていて嬉しかった。

明日の初日は登吾も早めに小屋入りして、主に開場の準備だ。全公演、バイトを休むわけにもいかないので、ほかのスタッフと交代して、受付や客入れなどを登吾が担当する。

公演は一日一回、夜のみ。平日は十九時半開演、土日は十八時。

劇場は『演劇の街』と呼ばれる場所にあり、前回と同じで座席数は三百弱ほどだ。

リピーターが口コミで新規の客を連れてきてくれて、少しずつ固定ファンがつくようになった。また奎が入団してからは若い女性客が一気に増えたと、溝口は嬉しそうに話していた。

旗揚げ公演だけで消える劇団も多い中、五年以上も定期的に公演を続けている『闇サン』は、集客規模としては中堅クラスで、客を飽きさせない舞台作りに定評がある。

内容は基本コメディだ。なんでもない日常の中で、ある日突然とんでもないことが起きる。そういった状況で人はどう生活していくのか、という溝口独自の一貫したテーマがあった。

観終わったあとにいろんな感想を言い合える、そして最後に、ああ、楽しい舞台だった、もう一度観たいな、と思ってくれる。けして派手ではないけれど頭の片隅にいつまでも残る。

そんな舞台が、『闇鍋《やみなべ》サンダース』が目指すところだった。

そして、公演初日――。

客入りは順調で当日券もほぼ完売して、予想以上に好調な滑り出しとなった。業界関係者もちらほらと見かける。仲のいい劇団や関係者からも、花や食べ物の差し入れをもらった。

開演直前の本ベルが鳴る。劇場が静まり返る。

――幕が上がる。

一歩舞台に出てしまえば、緊張など微塵《みじん》もない。板の上だけが、奎の世界のすべてになる。

楽屋で手のひらに『人』ばかり書いていた関《せき》も、始終、貧乏ゆすりをして青ざめていた滝本も、トイレばかりいっていた菜津美《なつみ》も、いざはじまってしまえば、堂々としたものだった。

とはいえ、ちょっとしたハプニングはつきもので、滝本がいきなりセリフを飛ばしてしまい、しかも本人は気づいていなくて、けれどそこは奎がなにごともなくフォローした。

『こたつ侍』が潜む、こたつの足が一本取れたときは、一瞬、変な間ができてしまったが、関がアドリブを挟みつつ足を直した。いっぽう、奎が棒を持って立ち回りを演じるシーンでは、やりすぎて舞台から落ちそうになり、さすがにぎょっとしたが、笑いは取れた。

そんなこんなで、初日は大きなトラブルはないまま、無事にカーテンコールを迎えた。

キャスト全員が舞台に並び、一礼する。客席から大きな拍手がわき、ひいきの役者の名前を呼び合う声もまざる。前席にいた若い女の子数人が、奎の前に集まって花束を差し出した。

奎は笑顔で花束を受け取り、それぞれにお礼を言って握手にもこたえる。

大きな劇場だと手渡しはNGだったりするが、ステージと観客席の距離が近い小劇場では、固定ファンが最前列に席をとり、自らの手で好きな役者に手渡すのも少なくない。

最後にもう一度、全員で深々と頭を下げると、盛大な拍手が音と振動の波となり、ステージまで押し寄せてくる。この歓声を肌で感じるために、芝居をやっているといってもいい。

興奮さめやらぬまま、滝本と肩を叩き合いながら、控え室に戻ろうとしたところ、

「奎ちゃん、すみません……ちょっといいですか」

舞台の袖で最後まで見守っていた登吾が、困ったような顔で近づいて声をかけた。

「加奈《かな》さんが、どうしても話したいことがあるって、きてるんですけど——」

登吾の背後にえらく美人の女性が、まるでモデルのような立ち姿でほほ笑んでいた。手には大きな花束を抱えている。

「はじめまして。急にごめんなさいね。私は大河内の妻で、加奈です」

思わず目をみはった。『アックス』の社長が、いったいなんの用で舞台裏まで——。

「今日が初日だと、聞いてたから。ぜひ観たくてうかがったの。お芝居とても楽しかったわ。無事に終わってよかったわね。おめでとう」

上品な笑顔とともに花束を差し出され、奎は少し戸惑いながらも受け取った。

「……ありがとうございます」

「本当は今日、大河内も一緒にくる予定だったの。でも、仕事の都合でだめになってしまって——。千秋楽は観にこられるから、とても楽しみにしてるみたい」

奎は押し黙った。大河内とは先日の件があるので、正直なところもう関わりたくないのだ。

登吾だって同じだろう。気難しい顔で加奈の話を聞いていた。

　三人が神妙な面持ちで立ち話をしているのを、通りかかった団員や滝本が遠巻きに見ていたが、溝口が気を回して控え室に連れていった。舞台裏に三人だけになる。

「あの、それで話したいことって――」

　加奈は表情を暗くさせると、うつむき加減で「今日はあやまりにきたの」と言った。

「彼――大河内が何度あなたに電話をしても、出てくれないとふさぎ込んでしまっているから……。登吾くんにお願いして、ここまで案内してもらったの」

　加奈の口から出た登吾の名前に、なじみのある響きを感じて、奎は眉根《まゆね》を寄せた。

　そういえば登吾も彼女を名前で呼んでいたし、スカウトをきっかけに、もしかしたらふたりは個人的に連絡を取り合って、今では親しくしているのだろうか。

　だとしたら、自分でもなぜだかわからないが、いやな気分になってしまった。

「私も大河内も、とても申し訳なく思ってるの……。もっと早く誤解を解くつもりだったんだけど、あなたに会えるのが今日になってしまって――。遅くなってごめんなさい」

「あの、誤解って……すみません、ちょっと確認したいんですけど。あやまるというのは『@《アット》』の客演の件を言ってるんですか？　大河内さんが――」

　そのさきは言葉が続かなかった。さすがに奥さんの前では気が引けた。

「そうよね。勘違いしてしまうのは仕方がないと思うわ。でも、事実はそうじゃないの。彼はそういうつもりじゃなくて——、お芝居だったのよ」

「えっ？」

奎も登吾もその場で目を大きくした。ふたりして顔を見合わせる。

「私もいけなかったの。登吾くんに、紛らわしい言い方をしてしまって……。またあの人の悪い癖が出る前に、早く迎えにいってあげてとお願いしたのだけど——」

「そんなに、大河内さんは何度も……」

奎が顔をしかめると、加奈は「そうじゃないの」と、申し訳なさそうに眉尻を下げた。

「朝まで、おじさんの演劇論につき合わせるのはかわいそうでしょう」

「演劇論？」

冷静さを失っていた登吾には、真意が伝わっていなかったようだ。

加奈の話によると、大河内はかなりの演劇人らしく、舞台が好きで、劇団が好きで、役者が好きでたまらないらしい。妻の加奈が引くぐらい、毎日が演劇漬けだ。

誰にも知られていないアマチュア劇団の舞台を梯子《はしご》したり、生活に困ってる若い役者がいたら食事に連れていったり。とくにお気に入りの役者はひいきしていた。

大河内が主宰の『@』の劇団員からも、相次いで苦情が加奈に向けられるほどだった。

誘われるまま一緒に飲みにいったら、大河内のマンションに連れていかれて、朝まで芝居の話で寝かせてもらえなかった。なんとかしてほしい、と——。

つまりは、加奈が登吾にもらした『悪癖』とは、そいう意味だったのだ。大河内自身はごく普通——いや、ちょっと熱い人間なだけで、いたって健全な愛妻家だ。

「ただ、役者や舞台への愛情が深いものだから、度がすぎちゃうのよね……」

苦笑をまじえながらも、加奈は恐縮した様子で「あの夜も——」と、説明を続けた。

大河内が『@』の客演の条件として、体の関係を匂《にお》わせたのは、あくまでも奎の舞台への情熱を確認したかっただけなのだ。悪い言い方をすれば、奎を試したのだった。

大河内にしても自分の一存で、奎を『@』に引き抜くのだから、ある程度のリスクは考えに入れていた。だからこそ、奎がどこまでの覚悟を持って、舞台に立てる役者なのか、それが知りたかったのだ。

「私の口から言うのも図々しいんだけど、彼を、大河内を許してあげてほしいの。目をかけた役者から嫌われるほど、演出家にとってせつないことはないから——。彼にとって、劇団や役者は我が子のようにかわいいのよ……」

加奈は含みのある言い方をしながら、もの思いに沈んだ顔でうつむいた。

奎も同じように舞台を愛する演劇ばかのひとりだから、大河内の気持ちはよくわかる。

舞台にかける思いを試されたのはおもしろくないが、それだけ大河内が真剣だったのは理解できるし、自分の劇団を大切にしているのだと、今では好意的に受け取れた。

「——なんだ、そっかぁ……」

よかった……と、長い息を吐いて天井を見上げる。

憑《つ》き物が落ちたような気分だった。晴れ晴れしくて、自然と笑顔になってしまう。

「ほんと、よかったです。そういうオチなら、許すも許さないもないです。勝手に誤解したのはこっちだし、大河内さんは俺を騙《だま》すつもりじゃなかったと思うから」

「奎くん……」

「嬉しいです。大河内さんは、やっぱり俺が思ってたような人で――ほっとしました」

加奈にとっては意外な返答だったのか、驚いた様子で言葉につまっていた。いっぽう登吾は、相変わらず人がいいなといわんばかりに、複雑そうな顔で奎を見ている。

「今日はわざわざ、ありがとうございました！　お話を聞けてよかったです。楽日に大河内さんが観にきてくれるのを、心から楽しみに待ってます、と伝えてください」

姿勢を正すと、腰を折って深々と頭を下げた。さきほどのカーテンコールとはまた違った、感謝の気持ちでいっぱいで、胸の奥に温かいものが広がっていくのを感じた。

「こちらこそ、ありがとう……。彼があなたに夢中になってるのが、わかる気がするわ」

加奈はようやく笑顔になると、登吾にも礼を言って帰っていった。

奎は不思議だった。

たかが、小さな劇団の役者のために、芸能プロの社長が頭を下げにくるなんて、業界の常識では考えられない。加奈はそういう肩書きなど関係なく、今日は夫を思うひとりの妻として、奎の前に現れたのだろう。話を聞いていて、噂《うわさ》どおりのおしどり夫婦だと感じた。

正直なところ、奎がイメージしていた加奈は、見るからに自信家でタフな女性だと思っていた。けれど実際の印象は、どちらかといえば控えめで、とても女社長には見えない。

「おまえさ、あの人とプライベートで会ったりしてんの？」

登吾は一瞬、なんのことかわからなかったのか、何度か目をまばたいた。

「加奈さんですか？　たまに電話で話すぐらいで、ふたりで会ったりはないです」

「そのわりには、なんか親しげな感じだったぞ。モデルの件でまだしつこくされてんのかよ」

「それはないです。はっきり断ってますから」

「だよな。そんな押しが強そうには思えないし……。けど、電話はかかってくるんだろ？」

「まあ、そうですね。わりとどうでもいい業界話とか、旦那さんの愚痴とかで」

奎は呆《あき》れた。登吾は自分のことになると、危機意識が薄いのだ。

「おまえ……だめだろ、それ。いやならきっぱり関係を切っとかないと。そうやって仕事とはべつのところで少しずつ近づいてきて、しまいには情がわいて断りきれなくなるパターンだぞ。登吾は、人がよすぎんだよ」

するとと登吾はややむっとして、「奎ちゃんほどではないです」と、すねた声を出した。

「あ？　どういう意味だよ」

「加奈さんはいろんな方面に人脈があるし、とりあえずコネを作っておけば、損にはならないですから。いざというときに役に立つかもしれないし、それこそチャンスが——」

「待てよ。その、いざというときって……おまえやっぱ、芸能界デビューとか狙《ねら》ってんのか」

「違います。だから俺じゃなくて、奎ちゃんの——」

言ってる最中で、登吾はばつが悪そうに口を閉ざした。奎の顔色をうかがうように見ている。

「おまえ……」

なんとなく読めてきた。ようするに登吾は自分のためではなく、いつか奎の役に立つかもしれないので、加奈とのコネクションをあえて切らずにいるのだ。

「——なるほど、ね」

登吾らしいなと、苦笑がもれる。以前の奎だったら、年下の登吾に余計な気を回されては、いい気分はしなかっただろう。けれど今は不思議と素直に受け取れた。

登吾が、奎を好きだと思う気持ちから、そこまでしてくれるのが、純粋に嬉しかった。

黙っていると、登吾は奎を怒らせたと勘違いしたのか——、

「奎ちゃん、あの……、あの夜は俺もおかしかったから、舞台に立たせてあげるとか偉そうに言ったけど——。加奈さんのコネも、ないよりはあったほうがいい、と思う程度で」

とりとめもなく言いわけを続けた。

「わかってる。……大丈夫、わかってるよ、登吾」

むきになって力の入りすぎた肩をぽんと叩くと、登吾は慌てて顔を上げた。

「サンキューな。その気持ちだけで、俺はじゅうぶん嬉しいから」

満面の笑みをたたえると、登吾ははっとして、眩《まぶ》しいものでも見るように目を細めた。

その後、控え室に戻り、簡単に今日の反省会をすると、二日目にそなえて解散した。

登吾とふたりで駅へと向かいながら、奎は「ふふーん」と鼻歌まじりに、足取りも軽い。

疲れを感じさせない奎を、登吾は横目でちらりと盗み見て、口元をゆるませる。

「――奎ちゃん、ご機嫌ですね」

「そりゃそうだよ。とりあえず、初日はなんとか無事に終わったし、大河内さんの件もすっきりしたし。結果オーライだな」

おだやかな気分で、なんとはなしに足を止めて、夜空を見上げた。

星はひとつも見えないけれど、刀で斜めに斬ったような半月が、闇夜に浮かんでいる。

「……あぁ、今宵の月の美しさは、格別でござるな！」

舞台の余韻をかみ締めながら、芝居じみた仕草で両手を差し伸ばす。通りかかった女性が、不審そうな顔で振り返っていたが、登吾は気にとめず、不満げな口調で言う。

「ほんとに、結果オーライですかね。俺たち、あの人の小芝居に振り回されただけですよ？」

「そうかもしれないけどさ、向こうはそのつもりはなかったんだから」

「奎ちゃんは、舞台好きの人に甘すぎます」

痛いところを突かれて、「まあな」と頭をかいた。

「それに——そのつもりはなくても、奎ちゃんの裸を見たのには、変わりないですよ」

「裸って、おまえな……」

ぶすっとして、まだなにか言いたげな顔で奎を見ている。結局のところ、登吾がこだわっているのはそこかとうんざりしながらも、まんざらでもない気分だった。

登吾は唇を尖《とが》らせると、恨めしそうな顔で「調子が狂うんですけど」と、文句を言った。

「なにが」

「だって、もうこんなふうに奎ちゃんと話すなんて、できないと思ってたから……」

「は？　いや、話すだろ、話してんじゃん」

「そうだけど、今までと全然変わらないのが、なんか拍子抜けするというか。でも——」

言いたいことはよくわかる。いつものノリで話をしていると、勘違いしそうになってしまうけれど、今までとまったく同じではない。目に見えないものが大きく違っている。

それでも奎は承知のうえで、普段と変わらない笑顔で登吾に聞いた。

「そうだ、今日は晩飯どうする？　俺んちで食べてけば？」

登吾はひどく困惑した顔で黙り込むと、「——やめときます」と顔を伏せた。

「……そっか」

まだ早いかもしれないと奎も思ったが、言葉にされると胸の奥で疼《うず》くものがあった。

「俺、まだ自信ないですから……」

「自信って、なんの？」

登吾は唇を引き結び、まっすぐに奎を見つめた。その瞳からは熱い思いがあふれている。

「もう、奎ちゃんにさわらないと言ったけど――、ふたりきりになると、自分でもどうなるかわからないです。今だって、すごく抱き締めたいのに……だから無理なんです」

きっぱりと告げたのち、つらそうに顔を歪《ゆが》ませて目をそらした。

「登吾……」

考えなしに聞いてしまった、己のばかさ加減を責めたくなった。

そうだ、登吾は自分のことが好きなのだ。大河内に嫉妬《しっと》するぐらいには思ってくれている。

どうにもならない欲望を、無理やり抑え込まないとならないのはさぞ苦しいだろう。

けれど、そんなにつらそうな顔をするぐらいなら、今すぐ俺を抱き締めていいぞと、口に出してしまいたいぐらいに、見ている奎だって苦しいのだ。

（――でも、それを言ってしまったら……）

どうなるのだろう。抱き締められて、キスされたりするのだろうか。

キスならいやじゃなかったし、むしろ気持ちよかったから、してもいいかもしれないという不埒《ふらち》な考えがわいてきて、よし、言ってみようかと口を開きかけたら――、

「奎ちゃんに、もう二度とあんなひどいことはしたくないです……」

登吾が悲しげにそう言って、出鼻をくじかれてしまった。

同時によくわからないけれど、残念に感じてしまっている自分もいて、少し戸惑った。

「俺はもっと、辛抱強い男だと思ってました。でも、あの日、気持ちを全部吐き出したせいか、歯止めがきかなくなってて……、また暴走しそうでいやなんです」

「……」

ひとりで考える時間がほしいと言っていたのは、そういう意図だったのか。

奎に会うと、どうしてもふれたいという気持ちが抑えきれなくなるから、顔を合わせないようにしていたとは――。自分のなにが、登吾にそう思わせてしまうのか。

そこまで登吾に好かれる理由が見つけ出せない。

「なあ、登吾……俺は、俺はどうすればいい？　おまえの気持ちに、どうやって――」

途中で胸の奥がねじれるような痛みを覚えて、下唇をかんだ。

「大丈夫、奎ちゃんは、どうもしなくていいです。これは俺の問題ですから」

登吾は静かで優しげな、それでいて寂しそうな笑顔を浮かべていた。

「あともう少ししたら、なんとかします。奎ちゃんには、迷惑かけないようにするから」

迷惑、という言い方をされて、奎は目をすがめた。腹立たしいような、悲しいような思いで、言葉が出てこない。そこまで追い込んだのは自分だと思うと、さらに胸が痛かった。

「すみません……奎ちゃんは、さきに帰ってください」

「――え？」

「俺はマサに寄って、飲んで帰ります。アパートの前で別れるほうが、つらいから……」

登吾はなんとか笑顔をキープしようとするが、徐々に表情から消えて目を伏せた。

心の葛藤を見せつけられて、奎は思わず顔をそむける。

「――わかった」

その場から逃げるようにして背を向けた。駅に向かって、足早に歩きだす。登吾が見つめているのが、突き刺さるような視線で感じられたけれど、振り返らなかった。

もう、一緒にふたりで家に帰るのさえ、叶わないというのだろうか。

悔しくて、ひどく後悔した。自分の頭をぶん殴りたかった。

登吾を部屋に誘わなければよかった。

あのままどうでもいい話を続けていれば、一緒に電車に乗って帰れたかもしれない。そして、駅に着いたら、少しためらいながらも、「また明日」とか、「おやすみ」とか、当たり障りのない別れの言葉を交わして、それぞれのアパートに帰っていけたかもしれないのに――。

それ以上を期待したばっかりに、登吾の笑顔さえ壊してしまった。

大通りの角を曲がった途端、奎は足を止めた。地面を見つめながら、ため息がもれる。

(登吾……)

背後からスーツ姿の男性や若い女性たちが、うなだれた奎に目もくれず追い越していく。

空を見上げると、さきほどの青白い月が輝いていた。でも、同じには見えなかった。

ぐにゃりと歪んで欠けた月。今にも闇夜に溶け込んで、消えてなくなりそうだ。

もっとはっきり見たくて、奎は目尻をこすった。

都会の夜空で弱々しく輝く半月が、まるで自分たちの関係を象徴しているように思えた。

月は本来丸いはずなのに、半分になったり、三日月になったり、さまざまに形を変える。

けれど、影に隠れて見えないだけで、残り半分は間違いなくそこにある。

登吾はまだあの場所で立ち尽くしているのだろうか。

（——俺だって、登吾が好きなのに……。それだけじゃ、だめなのかよ……）

そこにいるのに、一緒にいられない。いつまでも欠けている。

息もできなくなるような、甘くせつない気持ちが胸にあふれて、苦しかった。

＊＊＊

いつから『演劇』にはまってしまったのか、自分でもよくわからない。おそらくきっかけは、子供のころに登吾の前ではじめた、『ヒーローなりきりごっこ』だと思う。

マンガや戦隊ものの主人公になりきって、物語をひとり芝居で演じる。なりふりかまわず、夢中でキャラのまねをする姿を、登吾が見て喜んでくれる。笑ってくれる。

——それが一番嬉しかった。

はじまりは子供の遊びで、登吾を楽しませるためだったけれど、そのうち公園に近所の子供たちを集めて、ワンマンショー気どりで演じた。評判はよかった。

ときには、仲間が敵役になって飛び入り参加したりして、みんなで楽しんだ。でも、登吾だけは少し後ろのほうで、奎を見ていた。その顔は寂しげで、もう笑ってはいなかった。

高校で演劇部に入ってからは、与えられた役を演じることに快感を覚えた。なりきれたときは無性に興奮した。舞台の上で演ずることで、自分はなんにでもなれる。

英雄や幽霊、女性にも子供にも、ときには恐竜やロボット――。

なりたいものに、いつだってなれる。

それがわかった途端、目の前がぱあっと明るく開けた。

進路の問題で父親とぶつかったとき、将来どんな職業に就きたいのか、そう聞かれても奎は答えられなかった。そんな自分が情けなかったし、悔しかった。

けれど、ようやく見つけた。自分の可能性を最大限に引き出してくれるもの――。

それが芝居だった。

父親の反対を押しきって上京して、住むところはなんとか確保したけれど、仕事がなかなか見つからなくて、心が折れそうになったとき、はじめて『闇鍋サンダース』の舞台を観た。

スピード感があり、テンポのいい会話は小気味よく、癖になる爽快感《そうかいかん》だった。コントのようなネタなども挟み、客席から笑いを引き出すのが『闇サン』の舞台だ。

地元の高校演劇では小難しい戯曲が多かったし、劇団の公演そのものが少なかった。こんなに楽しい演劇があるのかと、奎は『闇サン』の舞台ではじめて知ったのだ。

舞台に立つ役者と、観客がひとつになっているのが、肌で感じられた。夢中になって観ているあいだは、現実のいやなことや不安など、すべてを忘れて笑っていられた。

奎は、これだと思った。自分が目指していたのは、観ているものたちを笑顔にする芝居だ。そして今は『闇サン』の役者であることに誇りを持っている。

「有坂くん、今日で最後だね……」

劇場の控え室でメイクをしていると、溝口が近づいてきて、しみじみとそう言った。

「ほんと、早いですね。やってる最中は長く感じるのに、終わりになるとあっという間で……」

溝口は微妙な表情で、「公演中はさ、いろいろあるからじゃない？」と笑った。

「そうですね」

奎もうなずきながら苦笑する。

初日から客入りは順調で、奎の『こたつ侍』の好演が話題となり、千秋楽は満員となった。たった五日間の舞台でも、小さいトラブルから大きなものまで、予期せぬことが起きる。

「とりあえず、無事に楽日を迎えられてよかったよ」

溝口が気にかけていたのは、奎のアクションシーンだった。棒の刀を使ってひとり立ち回りがある。どう動き回ろうが奎の自由なので、その日の気分でついやりすぎてしまうのだ。

「……すみません。はじまる前はほどほどにって、自分に言い聞かせてるんですけど。いざ、舞台に上がっちゃうと、どうしても夢中になってしまって……」

「いいよ。楽日だし、悔いのないよう、有坂くんが気持ちよく演《や》ってくれてかまわないから。怪我《けが》だけは気をつけてね」

「ありがとうございます！」

溝口は奎の肩に軽く手をのせると、部屋の隅で携帯をいじりながら、貧乏ゆすりをしている滝本のそばへと近寄った。ひとりひとりに声をかけて、今日の調子をうかがっているのだ。

ふと、となりに目を向けると、関が自分の腹にマジックでなにかを書いていた。

「関さん、それ、なにやってんすか……」

目が合うと関はばつが悪そうにして、「面倒だから、直接腹に入れてんだ」と言った。シャツをめくりあげた腹をのぞき込むと、立派な腹筋は『人』の字で埋め尽くされていた。

「……」

ベテランの関でも、本番前は落ち着かないようで、必ず手のひらに人の字を書いて飲んでいる。最終日となると、いつものまじないでは足りないぐらい、気が張っているようだ。

「それにしても、おまえはほんと動じないな。たいしたもんだよ」

感心した様子で言われて、奎は「そうでもないですよ」と、苦笑しつつ鼻の頭をかいた。

奎ももちろん、本番直前となると気持ちは高ぶるが、緊張とは違うかもしれない。これから芝居ができる嬉しさや、楽しみのほうが勝ってしまう。

今も、早く舞台に立ちたくて、うずうずしている。でも今日を最後に、これからしばらくは公演がないことを考えると、寂しい気持ちにもなるのだ。やはり、千秋楽は特別だ。

奎がドーランを塗り終えて、髪の毛をセットしていると、

「――奎ちゃん」

勢いよくドアを開けて登吾が入ってきた。慌てた様子に、菜津美が怪訝《けげん》そうに振り返る。

「ば……ばか、おまえ、みんなの前で……」

名前を呼ぶなっつーのと、ひそひそ声で文句を言うが、登吾は真剣な顔でとなりに立った。

「なんだよ、怖い顔して。……もしかして、トラブった？」

「今、おばさんから電話があって――」

てっきり舞台関係かと思っていたので、奎は一瞬、考え込んでしまった。

「母さんから？　なんで、おまえの携帯に――あっ、そっか。俺、電源切ってたんだ」

劇場入りしてからは、気持ちを集中させたいので、いつも電源を落としているのだ。

「それで、なんの用だったんだ？　急用？」

登吾は周囲を気にかけると、「外でいいですか」と、奎の腕を軽く引いてうながした。

廊下に出て聞く態勢になっても、登吾はこわばった表情で、口にするのをためらっている。

「な、なんだよ、早く言えよ……。こっちも、ドキドキすんだろ」

「おじさんが、事故にあったそうです」

「――え?」

思いもよらぬ事実に、奎は目をみはって言葉を失った。

登吾の話によると、今日の昼間に奎の両親がふたりで出かけようとしたところ、大事な忘れ物に気づいて、父だけが慌てて家に取りに帰ろうとしたようだ。

その途中で車と接触する事故にあい、すぐに救急車で病院に運ばれたが、駅で待っていた母親に連絡がつくのに時間がかかってしまった。

奎の母も少し前に病院で事情を説明され、これから大きな手術になるので、不安でたまらず奎に電話をしたようだが、連絡がつかないので登吾の携帯にかけたのだった。

「そ、それで……おやじの怪我の具合は……」

「全身打撲で、意識がないようです」

「――」

「でも、頭は強く打ってないみたいで、手術も複雑骨折とかだから……、意識が戻って術後の経過がよければ、命に別状はないだろうと、医者は言ってるみたいです」

「……そっか」

今すぐ、命が危ぶまれているわけではないようで、少しほっとした。

「ただ、意識がいつ戻るかは、医者もわからないみたいで――。翌日の人もいれば、何週間もかかる人もいるみたいです。あと、後遺症とかも、意識が戻らないことには……」

落ち着いたように見えた登吾も、説明を続けているうちに顔を歪めて口を閉ざしてしまう。

「早い話が、かなり厳しい状況だって、ことだよな」

ほっとするどころか、このさきを考えると、予断を許さない状態だ。それは頭では理解できるのだが、あまりに突然なので、現実として受け入れるのに時間がかかった。

「とりあえず、おばさんに電話してあげてください」

登吾は手に握り締めていた自分の携帯電話を、奎に差し出した。少し手が震えている。

それを見て、奎は胸がつまった。電話を切って、慌てて控え室に駆け込んできたのだろう。

「ごめんな、登吾。おまえも驚いたろ」

「俺のことはいいから、おばさんに連絡して、少しでも元気づけてあげてください。きっと、心細いだろうから……」

「そうだな、ありがとう」

その場で登吾の携帯電話を借りて、母に連絡を取った。

電話に出た母は、奎の声を聞いて気がゆるんだのか、涙声になった。登吾の説明と同じように、CT検査の結果や手術の話を母からもされて、奎は静かに聞きながら励ました。

「心配なのはわかるけど、母さんも無理せんといてや。ご飯、ちゃんと食べてよ」

検査のつきそいや、諸々《もろもろ》の手続きなどでばたばたして、昼からなにも食べてないようだ。

『──奎、今すぐ帰ってこれんでの？』

弱々しい声で懇願《こんがん》されて、鼓動が跳ね上がった。一番言われたくない言葉だったからだ。

胃がキリキリと痛い。わずかな迷いもあったけれど、奎の気持ちは決まっていた。

それを口にするのが苦しかった。

「ご──ごめん、今日は無理なんよ。明日なら、朝一で帰れると思うから」

『ほやね……、あんたも都合があるでなぁ。明日にでも帰ってきてくれたら、母さんも安心やざ。ひとりだと、悪いほうばっかり考えてしもて……』

「おやじなら、大丈夫やって。ほら、前も、仕事中に怪我したとき──」

できるだけ明るい声でそう言いながら、胸の中では自分を責める気持ちが止まらなかった。

今さらなにを言っても、自身を正当化しようとする、言いわけにしか聞こえない。

「母さん、あんまし思いつめんといて。俺も、明日急いで帰るし」

『……ありがとう。あんたも、気いつけて帰らなあかんよ』

ひとり息子と話をして、母は気持ちがだいぶ落ち着いたようだが、奎のほうは逆だった。

電話を切ったあとに、ひどく負い目を感じてしまい、精神的ダメージが強かった。

手の中の携帯電話を見つめながら、自嘲《じちょう》の笑いがもれる。

「俺って──冷たい人間だよなぁ……。おやじがやばいっていうのに……」

舞台に立つほうを選んだのだ。しかも、それを母親に隠してしまった。これから大事な劇団の公演があるからと、どうして言えなかったのか。自分を責める理由はそこだった。父にずっと反対され続けた芝居だからこそ、疾《やま》しさがあった。胸を張って言えなかった。

「――奎ちゃん、大丈夫？」

うつむかせた顔をのぞき込むようにして、登吾が心配そうに聞いてくる。でも、今の奎にはその声さえ届いていなかった。頭の中は両親への申し訳なさと、罪悪感でいっぱいだ。

プロの役者を目指している以上、舞台で死ねたら本望、親の死に目に会えないぐらいの覚悟はできているつもりだった。けれど、迷いがまったくないわけではない。

――ばかだ。

親よりも舞台を選んでおきながら、今になって後悔の念がわき上がる。母は難しい手術だと言っていたし、もしも手術中になにかあったら、容態《ようだい》が急変したらどうなるんだろう。

父のことはもちろん心配でたまらないが、母を病院でひとりにしているのも不安だった。

奎の実家まで、東京《とうきょう》からだと急行を乗り継いで四時間はかかる。今のうちに駅に向かえば今日中に着くが、舞台が終わってからでは最終列車に間に合わない。

絶対に舞台に穴は開けられない。でも、迷う気持ちを消し去れない。

「……奎ちゃん」

どれぐらいぼんやりしていたのか、気がついたら登吾の手が自分の手を握っていた。携帯をつかんだままの奎の手から、一本一本、丁寧に優しく指を外していく。

携帯が持ち主のもとに戻っていくのを見届けて、奎はようやく顔を上げて登吾を見た。

登吾はうっすらとほほ笑んでいた。

「登吾……」

「奎ちゃん、心配しないで。俺がこれから病院にいって、おばさんにつきそいます」

「――え？」

目をまばたくと、登吾は携帯電話で時間を確認しながら続けた。

「今なら、まだ電車もあるし、それに俺もちょうど、実家に寄りたい用事があったんだ。今日はスタッフも多いから、俺が抜けてもバラシはなんとかなりますよね？」

「あ……まあ、そうだけど」

撤収作業は役者も手伝うので、ひとりぐらい欠けても問題はない。それよりも登吾が、自分の代わりに田舎に帰って、病院までいってくれるというのには気が引けた。

「いや、でも、わざわざおまえに――」

「奎ちゃんは役者だから、舞台に立たないとだめです。だから、俺がいきます」

登吾のひと言で、不思議と心がすっと軽くなった。

「おじさんもおばさんも、子供のころから世話になってるし……、家族みたいなものだから。俺で、もしおばさんを支えられるなら、そばにいてあげたいんです」

登吾は真剣にそう言うが、せっぱつまった感じはなくて、表情はやわらかかった。

「だから、奎ちゃんはなにも心配せずに、舞台だけに集中してください。観にきてくれたお客さんのために、最高の芝居をしてください。それが、奎ちゃんのやるべきことです」

「登吾……」

おそらく登吾は、奎の不安や迷いをくみ取り、安心させようとして、そう言ってくれているのだ。舞台に立つのが当然のように後押しされて、救われたような気分になった。

登吾の優しさが身にしみて、得体の知れない熱い感情が、胸の奥から突き上げてくる。

登吾はいつだって、奎が一番ほしいものをくれる。誰よりも理解してくれる。

「お——俺は……」

おまえが好きだ、大好きなんだ——と、今ここで伝えたい衝動がわき上がったけれど、喉《のど》の奥がひりついて言葉にならない。奎はそのまま顔を伏せた。

「奎ちゃんの『こたつ侍』で、観客をドカッと笑わせてください。そしたら、お客さんの笑い声が病院まで届いて、きっと、おじさんも元気になるよ」

だから、そんな顔しないで……、と耳元で言いながら、片手がそっと頬にふれた。

「——っ…」

涙がにじんできそうになったのを、奥歯をかみ締めてやりすごす。

「と、——ご、ありが……」

お礼を言ってる最中に、いきなり強く抱き締められた。けれど、奎がはっとした瞬間には、両肩を持って突き放すように引き離されていた。

「さあ、奎ちゃんは早く準備に戻ってください。俺も、今から駅に向かいます」

なにごともなかったように、登吾は明るい顔で勢いづける。

「──わかった。母さんたちのこと、頼んだから。おまえを、信じてる」

拳《こぶし》を突き出すと、登吾は笑顔で「絶対大丈夫です」と、自身の拳を軽く合わせてきた。

高校ではまったグータッチをしながら、奎はふっと小さく笑う。

「おまえの『大丈夫』は、本当に大丈夫に思えるから、不思議だよ」

「だって、ほんとに大丈夫だから」

どや顔で見下ろす登吾に、「おい、なんか調子にのってねえか」と、脇腹をひじでぐりぐりと突つくと、「……奎ちゃん、痛いよ」と弱々しい声になり、ふたりで笑った。

控え室に戻ると、ただならぬ様子を気にかけて、団員たちがいっせいに注目した。

溝口だけに事情を話すつもりだったのに、まっさきに滝本と菜津美が「なにかあったんですか」と近寄ってきて、みんなの前で話さないわけにはいかなくなった。

父が事故にあった件と、登吾が急きょ帰省するので、受付を交代してもらう相談をした。

あまり心配をかけたくなかったので、父の怪我はたいしたことないと伝えたが、明日の朝が早いので、残念ながら今夜の飲み会には参加できない、と断りを入れた。

笑顔で説明するほど、状況的には安心していられないのだろうと、みんな気がついているに

違いない。けれど、奎の気持ちがすでに固まっているのを察して、団員たちはそれぞれがやるべきことに集中した。慌ただしく走り回っているうちに、開演の時間が近づいてくる。

いつもなら一ベルを合図に、舞台裏で裏方スタッフも含めて円陣を組むのだが、溝口が控え室でキャスト陣だけに声をかけた。室内で八名ほどで肩を組んで丸くなる。

溝口が珍しく熱い口調で、「千秋楽、全力を出しきって楽しみましょう!」と声をかけると、団員たちから「おーっ!」と遠慮のない大きな声があがって、室内の空気が震えた。

(——今日で、最後だ)

肺の奥まで深く息を吸って、ゆっくりと吐き出す。目を閉じて開ける。

——パチン。

それが、奎の切り替えスイッチだ。

『Theこたつ☆侍』は、平凡な貧乏大学生『ゆきお』が、粗大ゴミ置き場からこたつを拾うところから舞台がはじまる、荒唐無稽《こうとうむけい》な現代ファンタジーだ。

『ゆきお』が古ぼけたこたつをアパートの部屋に持って帰り電源を入れると、こたつの中からなんと侍の姿をした男が、手足をばたつかせながら這《は》い出してくる。

「お、おおお、おまえ、誰だ!」

テレビから貞子《さだこ》ほどの衝撃はないにしても、かなりのシュールさに『ゆきお』はびびりまくりだが、観客も呆気《あっけ》に取られている。浪人侍風情の奎はもったいぶって立ち上がる。

「お初に、お目にかかる」

侍は『こたつ侍』と名乗り、呪いをかけられてこたつの中に閉じ込められていたが、『ゆきお』のおかげで解放された。その礼として、願いを三つ叶えてくれるという。

『ゆきお』は半信半疑で、金がほしいと訴える。

「拙者に任せておけ」

『こたつ侍』が腰に差していた棒刀をひと振りすると、天井から一万円札が降ってきた。

「すげえ！」

その日から『ゆきお』の生活は一変した。金に糸目をつけずに贅沢三昧《ぜいたくざんまい》だ。どこへいくにも『こたつ侍』はそばにいたが、その姿は『ゆきお』以外の人間には見えない。

大学にもついていき、はじめて目にする現代文化や機器に、『こたつ侍』は大げさに驚く。

「なんじゃ、これは！　箱がなにか申したぞ！」

「ああ、それ、自販機な」

ふたりの芝居がおもしろおかしく対比されていて、観客はくすくすと笑っている。

大金を手にしてから『ゆきお』は、恋人の『はな』に会う度に高級品をプレゼントした。

『はな』を演じているのは菜津美だ。

そして『ゆきお』は、自分の価値観でしか周りが見られなくなっていく。生活が派手になるばかりか、金さえあれば他人も思いどおりに動かせると、考えてしまうのだ。

『こたつ侍』は図にのっている『ゆきお』が心配で、考えを改めるように忠告する。このままでは、とんでもない災難がふりかかると――。けれど『ゆきお』は聞き入れない。

怒って出ていってしまい、『こたつ侍』はうなだれる。観客に背中を向けて、自身のすみかであるこたつをじっと見下ろしている。長い沈黙。舞台には立ち尽くす侍ひとり。

力の抜けた肩、ぶらんと垂れ下がった腕。みかんが転がり落ちそうほど、斜めに傾いた頭。『こたつ侍』の全身から、はかり知れぬ物悲しさが漂っていた。

「拙者は……見誤ったのであろうか……」

奎の真に迫ったセリフとともに、舞台は暗転する。息をつめていた客が咳払《せきばら》いをした。

舞台の袖《そで》で見ていた溝口も、「うん、いい芝居だ」と大きくうなずく。

『ゆきお』は、関が演じる大学の『先輩』が金に困って借りにきても、ひどく冷たい態度で追い返してしまう。少しずつ人が変わっていく『ゆきお』に、『こたつ侍』はなげく。

「お主は――もっと情け深い男だと思っておったが、まことに残念でござる……。はな殿にはとても優しいではないか。なにゆえ、パイセンには冷たいのでござるか」

「パイセン言うなぁ！」

各場面のやり取りのなかで、『こたつ侍』がぼけて、『ゆきお』が突っ込むという、ユーモアを交えた会話が展開され、そのたびに会場では笑いが起きた。

金だけでは飽き足らず、『ゆきお』は二つ目の願いに才能がほしいと『こたつ侍』に頼むが、それで手にしたものは、けん玉世界一というわけのわからない称号だった。

これは滝本が実際にけん玉が得意だからで、舞台上でいろんな妙技を披露すると、意外にも客席は盛り上がった。その後ろで『こたつ侍』も高難度の技を決めていた。

『ゆきお』は金と名声を手に入れたにもかかわらず、他人からはねたまれ、いやがらせを受けるはめになり、とうとう恋人の『はな』からも別れ話を切り出されてしまう。

「あなたは変わったわ……。前のゆきおくんはもっと、他人の気持ちがわかる人だった！」

恋人から強烈な言葉を浴びせられて、『ゆきお』は自分がこうなったのは『こたつ侍』のせいだと説明する。けれど『はな』には、すぐ近くにいる『こたつ侍』の姿は見えない。

「本当にいるんだよ！　ほら、そこで素振りしてる！」

『ゆきお』に指差された奎は、舞台の中央で棒刀を持って、ひとり立ち回りを演じる。

テンポのいい音楽に合わせて、袈裟《けさ》斬りと逆袈裟斬りを組み合わせつつ、緩急をつけた動きで踊るように棒刀を扱う。見せ場のアクションに、客席からもどよめきがわく。

舞台袖で出番待ちをしていた関が、「日に日に成長していきやがるな」と感嘆する。

結局、『はな』は『ゆきお』から離れていき、滝本はわざとらしい泣きの演技で訴える。

「おまえなんか、拾わなきゃよかった……！」

少し離れた場所で、遠くを見つめて立ち尽くす『こたつ侍』に、ピンライトが当たる。

「拙者は、もう……消えねばならぬ」

そして舞台は大詰めを迎える――。

『ゆきお』の三つめの願いは、時間を前に戻してくれ、というものだった。こたつなど拾わず『こたつ侍』にも出会わず、今まで全部なかったことにして、平凡な生活に戻りたい。

「――心得た」

けれど、それは『こたつ侍』の消滅――つまりは死を意味していた。

『ゆきお』が棒刀で『こたつ侍』を斬りつけることで、『こたつ侍』はこたつ共々この世から消滅する。『ゆきお』の記憶からも消えさり、時間も出会った日に戻る。

自分の楽しみしか考えてなかった『ゆきお』が、ここにきて『こたつ侍』の身を案じた。

「心配ご無用。――最後は笑顔で別れようぞ」

『こたつ侍』は頭の上のみかんをもぎとって、『ゆきお』に差し出した。

「えっ」

滝本はぽかんとする。台本にはない流れだ。

本来、この場面は『こたつ侍』が、涙ながらに別れを惜しむ、見せ場だった。今までの四日間も、奎の泣きの芝居に引き込まれて、『闇サン』では珍しく、観客から涙をさそった。

けれど、千秋楽の今日は、奎は芝居を変えてきたのだった。

「そのような顔は、見とうないでござる。お主が銭を手に入れて、嬉しそうに踊り狂っていた、あの笑い顔を見せてはくれまいか」

『こたつ侍』が滑稽なポーズで腰をくねらせると、『ゆきお』はぶっと吹き出した。

「さよう、いい笑顔でござる！」

親指と人差し指を二丁拳銃のように立てると、観客もたまらず失笑する。

「生きておれば、いろんなことが起こるが、笑っていればなんとかなるものじゃ……」

胸に刻むようにそう言うと、『こたつ侍』は着物の襟《えり》を正して、全身に緊張をみなぎらせた。

一発ギャグを決めたあととは思えない、シリアスな雰囲気をかもし出している。

「いざ、刻限のようだ。ゆきお殿、これにて御免」

ザシュッと、斬られる効果音とともに、照明が消えた。暗転、場面転換と移る。

終幕、セットはオープニングと同じだ。

『ゆきお』がいつものようにゴミを出しにいくと、粗大ゴミで『ギター』が捨てられていた。

「なんだ、ギターか……。こたつだったら、もらって帰るのになぁ～」

部屋の掃除中に『ゆきお』は、床に落ちている模造みかんを見つけて首をひねる。見覚えがなく一度はゴミ箱に捨てようとするが、なんとなく頭の上にのせたりしてみる。

そんなおり『はな』が部屋に遊びにきた。『はな』が買ってきたケーキを『ゆきお』が冷蔵庫に入れようと蓋《ふた》を開けた瞬間――、

「うわあぁぁ！」

奇怪な叫び声をあげて、『ゆきお』は尻餅《しりもち》をついた。

開けっ放しの冷蔵庫の中から、スーツ姿の男が、おそるおそる這い出してきた。奎だ。

観客の、「おぉ～！」という驚きの声と、笑い声が劇場にあふれる。

男は、首からパスケースのように、丸くて白いものをぶら下げていた。たまごだ。

中腰で揉《も》み手をしながら、薄ら笑いを浮かべて、自信なさげな声で告げる。

「あ、あの……ども、はじめまして。僕は――」

そこで突然、照明の電源が切れたかのように、舞台は暗闇に包まれる。完全暗転。

その数秒後、明るく軽快なエンディング曲がカットインされて、恒例のＭＣが流れた。

『――舞台を身近に、日常をドラマに。本日はまことにありがとうございました』

声をあてているのは溝口だ。

一瞬、劇場内が静まり返り、観客から盛大な拍手がわいた。

暗転で曲が流れているあいだも、手拍子が入る。そのあいだにキャスト陣は舞台に並んだ。

そして曲のタイミングに合わせて、ふたたび照明がついてカーテンコールだ。

初日からはじまり、五日目の千秋楽。それぞれがいろんな思いを抱えて挨拶をした。

四日ともカーテンコールでかんだ滝本は、今日もかむに違いないと思っていたのに、予想外にしっかりしていた。けれど途中で涙ぐんで奎に続きを任せた。

奎はいつもと変わらず、飄々《ひょうひょう》とした笑顔で挨拶した。芝居も同じだ。楽日だからといって、気負いはなかった。初日も二日目も千秋楽も、奎にとっては全力を出し切るだけだ。

いつどんな公演だろうが、同じクオリティで、同じように芝居ができるのが、プロの役者だと思っている。ただ、ラストの芝居を変えたのは思いつきだったけれど、ここにはいない登吾への感謝の気持ちを、奎なりに舞台で表現したいと考えた結果だった。

幕が上がってから舞台を下りるまで、奎は一度も両親のことを思い出さなかった。事故の話を聞いたときは、心配と不安と申し訳なさで、気持ちが乱れまくっていたのに——。

登吾が『大丈夫』と言ってくれたから、不思議なぐらいに落ち着いた。いつも以上に、舞台に集中できた。アドリブも冴《さ》え渡り、仲間の芝居に熱くなり、心の底から舞台を楽しめた。

それは全部、登吾のおかげだ。今まで裏方スタッフとして、劇団を支えてきてくれたが、奎が生活していくうえでも、登吾がどれほど重要な存在か思い知らされた。

登吾が支えてくれるからこそ、奎は舞台に上がることができる。

(——登吾、本当にありがとう……)

最後にキャスト全員がそろって頭を下げるとき、奎は心の中でそうつぶやいた。

＊＊＊

翌日、朝一で東京駅から新幹線で出発した。途中で特急列車に乗り換えて昼前には着いた。

奎の郷里は日本海に面した北陸地方で、越前《えちぜん》ガニや大本山永平寺《えいへいじ》などが有名だ。

去年の盆も今年の正月も帰省しなかったので、一年以上は帰っていない。こんな事情で田舎《いなか》に帰るとは思っていなかったが、駅に着いたらなつかしさが込み上げた。

母も登吾も病院にいるようなので、実家には寄らず、直に入院先の病院へと向かった。

昨夜、登吾からのメールで、手術は無事に終わったと知らされていたので、だいぶ気持ちが楽になっていた。駅に着いて母親に電話をしたら、母もずいぶん落ち着いていた。登吾が一緒につきそってくれたので、心強かったようだ。

「母さん、遅くなってごめんな」

病室を訪れると、椅子に座っていた登吾と母が慌てて立ち上がった。

「――奎、よう帰ってきてくれたでなぁ。あり……がとう」

電話では明るかった母も、久しぶりに息子の顔を見たからか、途中で声をつまらせた。

斜め後ろで、控えるように立っていた登吾と目が合い、軽くうなずき合う。

「登吾、ありがとう。いろいろ世話になって、ほんと申し訳ない……。おまえがいてくれてよかったと、心からそう思うよ。ありがとう」

あらたまった態度で頭を下げると、登吾は居心地悪そうに目をそらした。

「べつに、俺はたいしたことしてないから。奎ちゃんのほうも、上手くいったみたいで――」

「あ、……あぁ！　あれな、うん、終わってよかったよ」

千秋楽が大盛況で幕を閉じたことは、奎からもメールで報告していた。なにも知らない母親がいる前で、笑顔で喜びあうわけにもいかず、それとなく口を濁した。

「じゃあ、俺はちょっとジュースでも買ってきます」

そう言って、登吾は病室から出ていった。ふたりに気をきかして席を外してくれたのだ。

父は容態が安定するまで集中治療室にいるようで、ベッドがない病室はがらんとしている。部屋の隅には、間に合わせで準備した入院に必要な荷物と、パイプ椅子が二脚。

意識が戻れば、この病室に移るのだろうが、それがいつになるかわからないのが心配だ。

ひとまず母とふたりで、父の様子を見にいった。

カーテンで仕切られた治療室のベッドの上で、父は青白い顔をして眠っていた。

口は酸素マスクで覆われ、腕には点滴の針、体のいたるところから、管が何本も出ている。

酸素吸入器がぽこぽこと音を立て、心電図モニタの機械音と混ざり合う。

痛々しい姿に、奎は言葉を失った。

覚悟はしていたものの、実際に目の当たりにすると、胸の奥がねじれるように痛んだ。

父も母も大きな病気などしたことなかった。とくに公務員の父は健康には気をつけていて、年齢のわりに体力もあり自慢していた。病床にふす父の姿など想像すらできなかった。

母もつらそうな顔で父を見下ろしている。元気づける言葉が出てこない。

「……母さん、戻ろっか」

労《いたわ》るように母の背中に手をあてると、「ほやね」と、弱々しい声でつぶやいた。

病室の椅子に腰かけて一息つくが、ふたりとも無言だった。頭の中に父の姿が焼きついて離れない。そういえばどうして車と接触したのか、まだ詳しい状況を聞いていなかった。

「それで、なんで父さんは事故に——？　注意深い人やのに」

母は困ったような顔でしばらく悩み、「ほれがな……」と、言いにくそうに続けた。

「昨日は、あんたのお芝居を観に、東京までいこうとしたんやで」

「えっ！」

思わず大きな声が出た。まったく予想もしていなかった展開だ。

「ほやけど、母さんがチケットを家に忘れてしもて……」

慌てて取りに帰ろうとした父が、信号のない交差点で飛び出して車と接触したようだ。

「な、なんで？　えぇっ、ちょっと待って、なんで舞台あるん知ってんの？」

事情が飲み込めず、頭が混乱する。

「黙っててごめんなぁ。奎が出とるさけ——前から観にいっとたんやざ」

「……」

母の話によると、登吾が上京した年に秋公演のチケットを、内緒で母に送っていたようだ。

父は奎が役者を目指しているのに反対だったが、母は好きなことをやればいいと、言ってくれていた。けれど、口うるさい父の手前もあり、あからさまに応援はできなかった。

せっかく登吾がチケットを送ってくれたのだから、観にいきましょうよと、それとなく父を説得にかかった。けれども、父はまったく聞く耳を持たない。結局、その公演は観にいけず、チケットも無駄にしてしまったようだ。

「ほんで——?」

「次の年も、また登吾くんがチケットを送ってくれたでな」

今度は春公演のチケットを二枚送ってきた。そして手紙も入っていた。

——お願いします。一度でいいから、舞台に立つ奎ちゃんの姿を観にきてください。観ればきっとわかります。奎ちゃんがどれだけ芝居が好きか。楽しんでいるか。

舞台の上では誰よりも輝いてます。一番輝いている姿をふたりが知らないなんて、もったいないです。ぜひ、舞台を観にきてください。反対するのはそれからにしてください。

達筆な字でそう書かれていた。その手紙を母は父にも見せた。

登吾の熱意にさすがの父も折れたようで、「……東京観光のついでに寄ってみるか」と、口実を作りながらも、ふたりではじめて奎の舞台を観にきたのだった。

初舞台を観ても、強情な父は感想をいっさい口にしなかったようだが、それから毎回、登吾がチケットを送ってくるので、今では年に二回の東京観光が恒例になっているようだ。

「お父さんも、頑固やから……。ほんでも、ちびっとは楽しみにしてるんやざ」

「おやじが俺の舞台を——」

二年前からこっそり観にきていたのは驚きだが、それ以上に奎の知らないところで、登吾がそこまで力を尽くしてくれていたとは——。

胸に込み上げるものがあった。感謝してもしきれない思いだった。嬉しかった。

嬉しいのを通り越して、せつなくて泣きたい気分だった。

病室を出て登吾を探しにいくと、待合所にぼんやり座っている姿を見つけた。背中を丸めて缶コーヒーを両手で持ち、見るともなくテレビに目を向けている。

「登吾」

近寄って声をかけると、ゆっくりと顔をこちらに向けた。なんだか眠そうだ。

「大丈夫か。おまえ、昨日、寝てないんじゃないの？」

「いや、少しは寝れたし、平気です。奎ちゃんこそ、おばさんと話をしなくていいんですか」

「あぁ、ありがと、もういいよ。だいたいの事情はわかったから」

「……そうですか」

「それよりも、ちょっと外出ないか」

長く病院につめていると、いやでも気分が沈みがちになる。疲れた様子の登吾に、少しでも気分転換させてやりたかったし、外の空気を吸いながらふたりで話がしたかった。

病院を出てしばらく歩くと川が流れていた。土手に沿ってサイクリングロードがある。

この辺は市街地だが、東京とはまったく景色が異なり、山も多く緑も豊かだ。

奎や登吾が育った町はもっと山よりで、いかにも田舎という田園地帯が広がっている。

けれど市街地だろうが山奥だろうが、乾いた空気の匂《にお》いや訛《なま》りの強い言葉は同じだ。はじめて歩く場所でも、故郷に帰ってきたのだと、しみじみと感じさせてくれる。

橋の近くの公園から川沿いまで下りて、ふたりでサイクリングロードを歩いた。土手や河川敷の草むらの中に菜の花が咲いている。少しさきには桜の木が見えた。

四月も半ばとなり、桜もそろそろ散りはじめるころだ。この時期特有の強い風が、ときおり髪の毛をかき乱していき、菜の花の香りが鼻先をなでていく。

登吾と毎日のように歩いた小学校の通学路にも、菜の花と桜が咲き乱れている場所があって、大のお気に入りだった。奎は久しぶりに子供のころを思い出しながら、既視感に浸っていた。

奎は登吾に向き直って、おだやかな笑みを見せた。

「登吾、ありがとな。母さんから聞いたよ。舞台のチケット、送ってくれてたんだって？」

登吾は驚いた様子で目を大きくした。礼を言われるとは思っていなかったようだ。

「うちの親が、まさか観にきてたとはびっくりだけど……嬉しかったよ。ふたりのチケット代、おまえが出してくれてたんだろ。悪かったな」

「――いえ、たいした金額じゃないんで」

「たいしたって言うなよ。まっ、実際そうなんだけど……」

プロの劇団と違い小劇場劇団は、料金をかなり抑えないと客が入ってくれないのだ。

「次からは、登吾が送らなくていいよ。俺が――いや、おやじに買わせるからさ。そのころにはきっと元気になってるだろうし、売上にも協力してもらわないとな！」

明るい顔でニッと笑うと、登吾も目を細めて笑った。

「そうですね。きっと元気になってます」

「それに、ふたりで東京観光もしてるみたいだから、舞台のほうがついでみたいなもんかもな。あのおやじに、芝居のよさがわかるとも思えないしさ」

「それは違います」

間髪を容れずに、登吾は大きく一歩を踏み出して、真剣な顔で反論した。

「おっ、なんだよ、違うって——。おまえなんか知ってんの？」

「おじさんは、奎ちゃんの芝居を……」

そのさきを言うか言わないか、しばらく悩んだ末に、登吾は思いきって続けた。

「ほんとは口止めされてたんです。でも、奎ちゃんは知ったほうがいいと思うから——」

はじめて、奎の両親が『闇サン』の舞台を観にきた日、父は奎には内緒にしておいてくださいと、登吾に頼んだようだ。役者なんて、さきのわからない水もの商売だと反対してきた以上、父としては体裁が悪かったのだろう。

東京までわざわざ息子の晴れ舞台を観にきたふたりを、登吾は自ら客席へと案内した。

千人を超えるような大劇場と違い、小屋と大差ない小さい劇場なのに、奎の母は「ぎょうさんおるでなぁ」と緊張した様子できょろきょろして、父は口数が少なかった。

登吾はいつもなら舞台袖で、進行具合をチェックしているのだが、その日は奎の両親の反応が気になって、客席の隅に立って様子をうかがっていた。

幕が上がり舞台が進むと、奎の父は身を乗り出して、奎の芝居を食い入るように見ていた。

「おじさん、げらげら笑ってました」

そう言われて、奎は信じられない思いで、目を見開いた。

「奎ちゃんがホームレスの役で、関さんとのかけあいを、めちゃ楽しそうに見てましたよ」

「……ああ、うん、あったな」

「おばさんも、おじさんも、ずっと笑ってた。嘘じゃないです」

「……」

奎は顔を伏せた。

いつも眉間《みけん》にしわを寄せて、口を開けば「将来のことを真面目に考えろ」と、説教ばかりしていた父が、大笑いをする姿など知らない。それも自分の舞台を観て笑っていたなんて——。

得体の知れない熱い感情が、じわじわと胸の奥から突き上げてくる。

「カーテンコールが終わったあとも、客電が入るまで、ふたりで拍手してました。俺、あんな誇らしげなおじさん……見たことないです」

公演が終わり、登吾が客出しをしていると、奎の父がひとりでチケットの礼を言いにきた。

『芝居がこんな楽しいもんとは思わんかったよ……。ありがとう』

父は恥ずかしそうに、登吾にそう言ったという。

「――っ」

その瞬間、奎は胸を揺さぶられ、熱いものが弾《はじ》けた。

「だから、おじさんたちは……観光のついでとかじゃなくて、奎ちゃんの舞台が観たいから、東京まできてるんです。ちゃんと、お芝居の楽しさもわかってます」

心の奥に訴えるような、静かで優しい声が甘く広がり、それでいてぎゅっと胸を締めつけた。わけがわからず弾けたものが、一気にあふれ出てきて、奎は強く目を閉じた。

心臓が鈍く痛み、せつない気持ちで胸がいっぱいになる。

母の前では明るくふるまえたけれど、登吾の前ではどうしても感情を抑えきれなかった。背中を向けると嗚咽《おえつ》が込み上げた。両目からぽたぽたと大粒の涙が落ちる。

「……くっ」

奎は片手で目元を覆い、肩を震わせて静かに泣いた。

登吾はなにも言わず、背後からそっと抱き締めると、奎が落ち着くまで寄りそっていた。背中で感じる、登吾の温もりのおかげで、奎はすぐに笑顔を取り戻した。

「だ――だめだな、やっぱりおまえが相手だと、素に戻るというか……。格好悪い姿ばかり見せてるよな」

赤い目をこすりながら、ばつの悪さを苦笑でごまかした。登吾はきょとんとする。

「それ今さらですよ。何年一緒にいると思ってるんですか。俺の前で格好つける必要なんてないでしょ。俺は子供のころからずっと、素の奎ちゃんしか知らないんだから」

「……」

「裸で川で泳いで叱《しか》られたり、彼女にふられてカラオケで失恋ソングばっか歌ったり。頭の上に鳩のフンを落とされたことだって知ってるのに――」

聞いているうちに奎は顔を赤くして、内心で「やめてくれ～」と口をぱくぱくさせていた。

「今になって格好悪いとか言われても、俺にとっては『ああ、奎ちゃんだなぁ』ぐらいにしか思わないし、むしろ役得で。それに奎ちゃんが気にするほど、格好悪くもないから」

そう言われてなんだか、自分が本当にどうでもいいことにこだわっていたような気がした。

「ざっくりだなぁ……。ほかにもっと、上手い持ち上げ方あるだろ」

すると登吾は、なにかのスイッチが入ったかのように、目を大きく見開いた。

「だから前にも言ったけど、奎ちゃんはどんな奎ちゃんも、奎ちゃんなんです！　俺にとってはそれが一番大事っていうか……。奎ちゃん以外はいらないから。泣きわめこうが、怒って暴れようが、それが奎ちゃんなら、俺はまるごと全部、奎ちゃんを――」

「おい、どんだけ『奎ちゃん』言えば気がすむんだよ」

素早く突っ込むと、せっかく真剣に話していたのに、といわんばかりに唇を尖らせた。

「そういう、ツッコミ好きなところも、全部ひっくるめて、俺は奎ちゃんが好きなんです」

どさくさにまぎれて、最後はさらりと『好きだ』と言われた。

登吾の気持ちはもうわかっているけれども、あらためて口にされるとドキドキしてしまう。

「そうか……俺はまんま俺か、そうだよな！」

登吾がどんな自分も受け止めてくれる男だっていうのは、わかっていた。けれど奎の中では、年上としてのプライドや見栄《みえ》、優位に立ちたいという思いが、捨てきれずにいたのだ。

しかしここまできたら、どんなみっともない姿を見られても、たしかに今さらで、登吾ならもういいか、という開き直りの域に達していた。

「なんだよ、簡単なことだったんだな……」

思いのほか気持ちがすっきりした。空を見上げると、清々《すがすが》しい青空が広がっている。満開の桜に群生した菜の花、そして青空。子供のころと変わらない景色だ。

奎はサイクリングロードから土手へ下りた。河原の手前で足を止める。

ゆるやかに流れていく水面を見ながら、学生のころは川に向かってよく発声練習したなと、なつかしく思い返した。通りかかった者たちは、みんな怪訝な顔をした。

奎は気にとめなかったが、登吾は相手を睨《にら》みつけていた。奎がなにをしようが登吾だけは昔も今も、笑ったりからかったりすることなく、同じように真剣に寄りそってくれる。

それが奎は嬉しくて、どれほど励みになったかわからない。

登吾も河原に下りてきて、ふたりは菜の花を踏まないように向き合った。

「――奎ちゃん」

「登吾……」

互いになにか言いたげな顔で口を開いたものの、しばらく無言で見つめ合う。

奎は今なら、自然に伝えられそうな気がした。

――俺も、おまえが好きだ。登吾に、そばにいてほしい、と。

今、どうしてもその思いをここで伝えたかった。

「登吾、あのさ、俺、おまえに――」

「……奎ちゃん、俺、田舎に帰ろうかと思う」

ふたりの声が重なった。奎はよく聞き取れず、「田舎がどうしたって?」と目をまばたいた。

登吾は伏し目がちになると、苦しげな表情で搾《しぼ》り出すように口にした。

「東京のアパートを引き払って、こっちに戻ろうかと考えてる」

「――…っ」

我が耳を疑った。

「――え? アパートを引き払うって……じゃあ、東京を離れて、実家に戻るってことか?」

「今さら実家で暮らすのも面倒だから、こっちでアパートを借りるつもりです」

「はっ? だったらなんで、わざわざ田舎に引っ越すんだよ。東京にいればいいだろ!」

唇を引き結んだ登吾は、泣き出すのをこらえたような顔をしていた。

「このまま、奎ちゃんのそばにいるのが、正直言ってつらい……」

それでも登吾は、無理やりに薄い笑みを張りつけて、

「もう、限界なんです……」

せつなる胸の内を明かした。

登吾の悲痛な思いが伝わってくる。奎は息もできないような、激しい胸の痛みを覚えた。

――登吾が田舎に帰る。東京からいなくなる。会いたいときに会えない。

――もう、一緒にいられない。そばにいてくれない。

そんなのはいやだ。このまま離れ離れになるのは、絶対にいやだ。

奎は弾けるように顔を上げて、登吾の両腕を強くつかんで身を乗り出した。

「だ――だめだ！　登吾、だめだ！　帰るな、俺のそばにいろ！」

「奎ちゃん……」

「おまえがいなくなったら、俺は……どうしたらいいんだよ！　おまえがいないと俺は――」

登吾がいてくれるから、がんばれる。登吾のいない毎日なんて考えられない。

必死の形相で訴えかけるが、登吾は不自然なほど冷静だった。

「俺の気持ちを知ってて、そういうこと言うんだね……。ほんと、ずるいよ」

「――っ」

「あの夜以降、ずっと考えてた。俺は奎ちゃんのそばにいないほうがいいって……」

「なんでだよ……ばかなこと言うなよ、そんなの――」

「奎ちゃんを独占したい気持ちは、どうやっても変えられないから。もう、離れるしかないんです。じゃないと、また奎ちゃんを傷つけるかもしれないから……」

ひどくいたたまれない様子で、目元に影を落とした。

「あ――あれは、いきなりだったから、びっくりしただけで……。でも、正直言って俺はその……おまえにキスされて、いやじゃなかったんだよ。登吾だから、平気というか」

登吾は徐々に表情を険しくさせていた。

「だから、おまえが俺にふれたいっていうんなら、べつに我慢しなくてもいいと思うし……。そんなんでおまえが悩まなくても、俺はおまえの好きにさせてやりたいって」

「奎ちゃんは優しいから、俺に同情してくれてんだろうけど、逆につらいだけだよ」

「い、いや、だから、違うって！　同情とか、そういうんじゃなくて、俺もおまえが……！」

「もう、いいです。俺がどれだけ奎ちゃんを好きか、きっと奎ちゃんにはわからない。田舎に帰るのは悩んで決めたことだから。その準備で実家にも寄るつもりなんで」

かちんと、きた。そんな言い方をされて、奎も黙ってはいられない。

「あー、わからないね！　なんだよ、さっきから。好き好き言っとけば、俺が調子にのるとでも思ったら大間違いだぞ。こっちにだってな、言いたいことは山ほどあんだよ！」

登吾は微妙な顔つきですっと目を細めた。

「おまえだって、俺の気持ちわかってないだろ。前にこれは『俺の問題だから』と言ったけど、そうじゃないよな？　ふたりで考えなきゃいけない問題じゃないのかよ。なんでひとりで全部抱えようとするんだ。俺がまったく、なにも考えてないと思ってんのかよ！」

「それは――」

登吾がひるんだところを、奎はさらに畳みかけた。

「こんな大事なこと、ひとりで勝手に決めて、少しは相談してくれてもいいんじゃねえの？」

登吾はぐっと言葉につまりながらも、露骨に抗議の目を向けてきた。

「奎ちゃんだって、俺にひと言も相談せずに決めたよね」

「なにを」

「高校の部活帰りにいきなり――、『俺、卒業したら東京いくから』と言われた、俺の悔しさがわかりますか」

「あ……」

「あれは奎ちゃんだけの問題？　ふたりの問題じゃないんですか」

「まあ、そ、そうかもだけど……」

痛いところを突かれて、奎は顔をそむけた。形勢が逆転したかと思ったのに、また逆転だ。

「――俺が悪かったよ。それはあやまろうと思ってた」

「だったら、なんで俺に嘘ついたんですか」

「……」

奎は黙って下唇をかみ締めた。言いわけの言葉すら出てこない。

予想はしていたが、一番ふれてほしくない部分に言及されて、胃の底がきゅっと縮まった。

「俺が、子供のころからずっと奎ちゃんにつきまとってたから、うざくなって邪魔になったんだと思いました。とうとう切られたんだと――」

「そ、それは違う!」

まさかそんなふうに考えていたのかと愕然《がくぜん》となった。

「奎ちゃんを困らせたくないから、今まで言わなかったけど……。俺は毎年春になると、桜が舞い散る駅のホームで、奎ちゃんを捜している夢を見るんです」

泣き笑いの表情のまま、そう告げた。奎は今にも心臓が破裂しそうなぐらい苦しかった。

「だから、桜が嫌いになったって……?」

「いくら大きな声で呼んでも、奎ちゃんはいなくて、俺はひとりでずっとそこにいて――。変だよね。今は近くで暮らしてるのに、それでも春になったら同じ夢を見る……」

それほどまでに登吾の心の奥深くに、傷跡を残していたのかと、今さらのように思い知る。

奎は猛烈に自分を責めた。ここへきて遅いけれど、申し訳なさで胸がいっぱいだった。

「俺は――おまえと別れるのが、一番つらかったんだよ……」

「だから、嘘をついたんですか?」

「登吾の顔を見たら、笑えないと思ったから……」

うつむいて立ち尽くした奎は、五年前の春を思い浮かべていた。

あの日もちょうど今日と同じような、うららかな春の陽気で、ときおり風が吹いていた。

桜が満開となり、公園には花見客があふれ、どこからともなく鶯《うぐいす》の鳴き声が聞こえていた。

奎が東京に出発する日、自動改札もない最寄りの小さな駅に、クラスの友人や部活の仲間、後輩たちなど、大勢が見送りにきてくれた。けれどその中に、登吾の姿はなかった。

奎が登吾にだけは、一本遅い、嘘の出発時刻を教えていたからだ。

はじめから嘘をつこうと思ったわけではない。

卒業式が終わり、地元を離れる日が明日に迫ったとき、荷造りしている奎に登吾が、「何時の電車ですか」と聞いてきた。その顔はせつなげに歪んでいて、いろんな思いが読み取れた。

悲しみ、怒り、寂しさ。そして一番強いのが裏切り――。

そう思うのは、奎自身に疚しさがあったからだ。

登吾はおそらく、明日も同じような顔で、仲間の陰に隠れて見送るのだろう。

その姿を思い描いたら、奎のほうが泣きそうになった。たまらない。

奎はみんなの前では、絶対に最後まで笑っていようと決めていた。もちろん、これから憧れの都会暮らしがはじまるのだから、奎の胸は夢や希望であふれていた。出発日が待ち遠しくて、自然と顔がにやけた。

けれど、ふいに登吾のことを思い浮かべると、風船がしぼむように、顔から笑みが消えてしまう。別れ際にもし登吾が笑っていなかったら、奎は笑い返せる自信がなかった。

登吾のつらそうな顔を見たくなかった。見たら、きっと泣いてしまう。

——だから、登吾に嘘をついた。

奎は、その当時の気持ちや、今になって考えることを、登吾に包み隠さず話した。

「俺にとっておまえは——それぐらい特別だったんだよ……」

仲間の前では明るくふるまえても、登吾のあのまっすぐな目を向けられたら、容赦なく胸の奥をえぐられて、不安や心細さや寂しさや、そういう気持ちを全部暴かれると思った。

上京の件を相談しなかったのも、もし登吾が反対したり、いかないでほしい、なんて言われた日には、決意した気持ちがゆらぎそうな気がしたからだ。

登吾だけなのだ。いつどんなときも、奎の感情を強烈にゆさぶるのは——。

「だから、うざいとか、そういうんじゃなくて……。けじめをつけなきゃと思ったんだ」

「なにに対してのけじめ、ですか」

「東京でいやなことがあっても、おまえに甘えたりしないですむようにだよ。自分の好き勝手で、嘘までついて出てきたのに、困ったときだけ、登吾を頼れないだろ」

登吾は眉間にしわを寄せて、大きなため息を足下に落とした。

「——それで、東京にいってからも、一度も連絡をくれなかったんですか……」

登吾から何度も電話やメールがあったが、奎はいっさい出なかったし、返信もしなかった。

嘘をついたことを登吾は怒っていたが、一度声を聞いたら、言いわけをしてしまうだろう。

それになにかあったときには、甘えてしまう、頼ってしまう。

登吾のもとへ帰りたくなってしまう。

「おまえに、情けないやつと思われたくなかった……」

「――早い話が、逃げ道を断つために、俺は、捨てられたってことですね」

「捨てたっていうか……まあ、そうだよな」

奎は自嘲的な笑みを浮かべながら、口ごもった。

登吾は熱心に奎の話を聞いていたけれど、腹を立てている様子はなかった。むしろ、引きずっていた過去の真相が知れて、気持ちが落ち着いたのか、肩から力が抜けた感じだった。

「――なるほど、奎ちゃん、らしいね」

口元に、うっすら笑みまで浮かべて、やわらかな顔でそう言った。

「けど――結局、逃げ道まで東京にきたから、意味ないんだけどさ……」

奎からはいっさい連絡をしなかったけれど、登吾が夏休みを利用して、いきなりアパートに押しかけてきたときは、心底びっくりした。でも、すごく嬉しかった。

奎の母から住所を聞きだしたようで、大きなスポーツバッグには、母から預かってきた、米や野菜に果物などがたっぷりとつめ込まれていた。髪の毛が伸びた登吾は、「超重かったです」

と額に汗をにじませていた。その姿に奎は愛《いとお》しさを覚えずにはいられなかった。

　それからしばらく、登吾は奎の部屋にいすわった。上京する前はあれほど悩んだのに、登吾と一緒に暮らしていると、これが一番正しい形に思えたのが不思議だった。

　なにより、毎日が楽しかった。

　登校日が近づいてきて、登吾は仕方なく帰ることになった。見送りにきた奎に、登吾は少し不安げな顔で「また、きてもいいですか」と聞いた。奎は「いいよ」と笑った。

　それからは長期の休みには必ず遊びにきて、卒業と同時に登吾も東京に出てきた。けれど、今度は登吾が奎を置いて離れていこうとするのなら、もう二度と同じ後悔をしたくなかった。

「今さら虫のいい話かもしれないけど、俺はおまえを失いたくない」

　登吾の目を見て、きっぱり告げた。

「——俺も登吾が好きだから。おまえは『違う』って言ったけど……、なにが違うのか、俺にはよくわからないし。どうしてもおまえが田舎に帰るっていうなら、俺も一緒に帰る」

　勢い任せではあったものの、口にした途端、その覚悟ができてしまった。

　これには登吾もびっくりして、表情を険しくさせた。

「なっ……なに、ばかなこと言わないでください！　劇団はどうするんですか？　せっかく、ファンやリピーターも増えてきて、奎ちゃんの芝居も評価されてきたのに」

「『闇サン』をやめるのは寂しいけど……、でも、こっちでも芝居はできるだろ。社会人劇団も増えてきてるし、その気になったら、どこでだって舞台には立つことができるよ」

奎が本気だとわかると、登吾は徐々に眉尻を下げて、複雑そうな顔で押し黙った。

「でも、登吾は、おまえひとりしかいない。俺はおまえのそばにいたい」

「あ……あの、溝口さんや、関さんや、エロ好きのうざい彼だって、いるじゃないですか」

「いるけど、おまえじゃないだろっての！」

登吾は瞠目《どうもく》したのち、信じられないものでも見るように、奎をまじまじと見つめた。

「俺は――登吾じゃないと、だめなんだ。田舎に帰るって聞いたとき、マジで頭の上にタライが落ちてきたぞ。そんぐらいの衝撃だったんだ。もう、悔やみたくないんだよ……」

「奎ちゃん……その表現は古すぎると思うよ」

「そこを突っ込むか」

登吾は困ったような、それでいて嬉しいような、奇妙な顔をしていた。どっちにもっていけばいいのか決めかねて、口をもにょもにょさせながら、中途半端なまぬけ面になっている。

「俺、超リアルにやばい顔してるかも……」

「ああ、してるな」

奎が得意げな顔でからかうと、登吾は忙《せわ》しなく視線をあちこちにさまよわせた。嬉しいほうが勝ったのか、耳が真っ赤だ。これほど照れた登吾は、なかなか見られるもんじゃない。

「どうしよう……ほんと、やばい」

登吾は片手で顔を覆い隠してうつむいた。奎はなんとなく気分がよくなってくる。

一歩近寄って、登吾の丸い頭を見下ろしながら、なつかしさを感じていた。

「こないだ登吾、俺に言ったよな。自分は裏方だから、黙って袖で見守るしかできないって」

「……はい」

「俺と同じ舞台に、おまえも一緒に並んで立つなんて、一生ないんだって」

「……言いました」

「けど、俺はそうは思わない。芝居は好きだし、舞台も大切だけど、俺にはもっと大事なものがあって——。それは、登吾がいないとできないことなんだよ」

登吾はゆっくりと顔を上げると、「なんですか」と、不思議そうに聞いた。

「その、うまく言えないけどさ……。俺にとっておまえは誰よりも特別なんだよ。いつだって俺のそばにいてくれて、感謝してる。今回の件だってそうだよ。おまえは劇団だけじゃなく、俺の生活まで裏で支えてくれてさ、本当にありがたいと思ってる」

胸中を打ち明ける奎に、登吾はひたむきな目を向けていた。

「あらためて言うの、ちょっと恥ずかしいけどな……」

上目遣いで鼻の頭をかくと、奎は胸を張って姿勢を正した。

「だけど！　俺の人生においては、登吾は裏方でも観客でもないんだ。おまえは——俺の人生という大舞台に一緒に並んで立つ、主役なんだよ」

登吾ははっとして両目を大きく見開いた。

「おまえと一緒だから、生活が楽しいし、つらいときでも笑っていられる。登吾の代役なんていない。だからおまえは、俺の舞台の上では一番輝いてるんだ」

晴れ晴れとした笑顔を向けると、登吾は顔をくしゃっとさせて目を細めた。

今になって奎自身も、そうか、そうだったんだと、気づかされた。

舞台がなにより一番だと思っていたけれど、登吾は奎が生きていくうえで必要不可欠な存在。なくてはならない、失うことなんて考えられない、人生をともに歩いていく相方だ。

それがわかっただけで、奎はいろんな迷いが吹っ切れた。

「おまえがもし、俺の前からいなくなったら、そこで幕は下りたのと同じなんだ……。だから、これからもずっと、俺のとなりで同じ舞台に立ってくれ！　俺はおまえが好きだし、離れたくない。絶対どこにもいくな！　俺の——そばにいてくれ……。お願い、だ……」

最後は涙まじりで、言葉にならなかった。興奮が鎮まるまでしばらく顔を伏せていたが、登吾からなにも反応がないので、おかしいなと思って顔を上げた。

登吾は雷にでも打たれたかのように、目を大きく見開いたまま全身をこわばらせていた。

ただならぬ雰囲気で、声をかけるにも一瞬ためらうほどだ。

「お、おい……、登吾、どうした？　おまえ、またやばい顔になってるぞ」

大丈夫かと、まばたきさえしていない顔の前で、片手を左右に大きく振った。

すると、ふと視線がぐらついて、遠くを見ていた目がはじめて、奎の顔に焦点を合わせた。確認するように、長いまつげが上下する。

夜の水面《みなも》のようにゆらいだ瞳から、ひとしずくの涙がこぼれて、頬を伝って流れ落ちた。

「登吾……」

「け、――ちゃん」

登吾は笑おうとするが、口元を歪ませて失敗した。ひっ、と小さくしゃくりあげると、その場にしゃがみこんで、両腕の中に顔を隠した。広い肩が小刻みにゆれている。

登吾は泣いていた。ときどき息をつまらせながら、肩を上下させて、静かに泣いている。

子供のころから登吾は、大きな声をあげて泣いたりしなかった。奥歯をかみ締めて耐えながら、それでもこらえきれずに涙があふれてしまう。泣き方は変わっていない。

奎も寄りそうようにして座り込むと、登吾の肩を抱いて元気づけるようにゆさぶった。

「ほら、登吾、泣くなって」

「お――俺……、奎ちゃんのそばに、いて……いいの？　田舎に帰らなくても……」

いいんだよねと、感極まった様子で、涙ながらに訴えてくる。

「ばかだな……いいに決まってんだろ!　じゃないと、俺だって泣きたい気分になるんだから。おまえはこれからも俺のすぐそばにいなきゃだめだ。命令だからな。わかったか」

顔を埋《うず》めたまま、登吾は大きくうなずいた。

「——うん、わかった」

その返事が、小学生の泣き虫トーゴとまったく同じで、奎は思わず笑みがこぼれた。

「とーごー、おまえ図体《ずうたい》ばっかでかくなって、ほんとガキのまんまだな～」

そう言われて、大人のプライドがあるからか、奎に泣き顔だけは見せないように、しばらくその体勢でうずくまっていた。気持ちが落ち着いて立ち上がると、ふたりは向き直った。

登吾は少し赤い目で、気恥ずかしそうにしながら、じっと奎を見つめてきた。

「奎ちゃん……どうしよう。俺、すごく嬉しい。なんか、このまま死んじゃいそうな気分だ」

「いや、生きろ。おまえ、せっかく相思相愛になったんだぞ」

しょうがないなと奎が苦笑すると、登吾は喜びを隠せない様子で笑った。

「でもこれで、がんばって奎ちゃんに尽くした甲斐《かい》があるよ。もしかしたら奎ちゃんにとって、俺はただの都合のいい使い走りなのかと思ってたから……」

「——なっ、そ、そんなわけないだろ！」

当たらずといえども遠からずで、言葉につまってしまった。

「それでも奎ちゃんの、一番近くにいられるんならよかったんだ。とことん世話して尽くして、奎ちゃんが俺なしでは生活できないようにしちゃえばいいって、考えたし」

「おまえ、裏でそんな計算してたのか。超こえぇ～」

登吾はきまり悪そうな顔で、「引いた？」と聞いてきた。

「いや、引きはしないけど……。でもそれよりも、俺はおまえを失うほうがよっぽどいやだ」

奎は登吾の胸ぐらをつかんで引き寄せると、真剣な顔で告げた。

「だから、ずっと俺のそばにいろ。なにがあっても、絶対に俺を離すなよ。わかったな！」

そう言った矢先、登吾の腕の中に抱き込まれていた。

背筋が反り返りそうなぐらい、強く抱き締められて身動きがとれない。

「……ちょっ、と——登吾、苦しいって……」

「奎ちゃんが俺を嫌いになっても、絶対に離さない。俺は——一生、そばにいる」

「ばか、ならないよ」

奎からも登吾の腰に両腕を回して、抱きついた。肩にこつんと額をあてる。

「奎ちゃん……やっと、やっと——つかまえた」

——奎ちゃん、大好きだ、と耳元でささやくように告白されて、ぶるっときた。

なんともいえない、甘ったるい心地よさが胸いっぱいに広がった。

ふたりが幸せの余韻に浸っている最中に、奎の母からさらに嬉しい知らせが入った。

さきほど、父の意識が戻ったのだと——。

これには奎と登吾も笑顔で手を取り合った。ひとしきり喜んで、急いで病院へと戻った。

「かあさん、ごめん、電話ありがとう」

「……奎！」

母の顔にもようやく心からの笑みが浮かんでいた。

今日はまだ集中治療室から出られないようだが、父の意識ははっきりしていた。記憶障害もないようなので、あとは手術の経過をみてリハビリをおこなえば、問題なく退院できるだろう、と主治医が説明してくれた。

三人で遅い昼食をとってから、奎と登吾は午後の電車で東京に戻ることにした。

「ほっこし、もう帰るとね？　ゆっくりしといて、ええんやよ」

母は少し残念そうだが、実家に泊まっていくとなると、余計な気も遣わせてしまう。昨夜はほとんど寝てないだろうし、今夜はひとりでゆっくり休んでほしかった。

「俺も登吾も、明日はバイトがあるから、また近いうちに見舞いにくるよ」

「ほやな……急やったもんね」

ひとまず父の容態が落ち着いたので、安心したのもあるけれど、本音を言うと、早く東京の自分たちの城に戻って、気兼ねなくふたりきりになりたい、という思いも強かった。

母とは夕方前には病院で別れて、登吾とふたりで駅へと向かった。特急の乗り継ぎ駅までは、地元の二両編成のローカル線だ。奎と登吾が高校の通学で利用していた電車だった。

窓際の座席に、ふたりで肩を並べて座った。シートは固めのスプリングで、あまり座り心地はよくない。冬になると暖房がききすぎて、尻や足下が熱いぐらいになる。

それでも腰を下ろした途端、ふっと緊張がほどけるような、やすらぎがあった。

「なあ、とーごー……眠くない？」

「……眠いっすね」

今になって疲れが出てきたのか、互いにあくびをかみ殺しながら、そんなことを言う。

「ちょっと肩かせよ。駅に着いたら起こせよな。おまえは寝るなよ」

「……」

登吾の肩を枕がわりにしていたが、ふいに頭を上げて「へへへ」と甘えた顔で笑った。

「どうしたんですか、急に――」

「おまえが一緒で、俺はすごく嬉しいよ」

無防備に破顔すると、登吾は困ったような、それでいて照れたような表情になった。

「ほんとはあの日、ひとりで電車に乗って東京いくの、不安だったんだよ。おやじは最後まで反対してたし、おまえもいなくて……。まあ、それは、俺が悪いんだけど」

「そうですね、自業自得です」

「でも――」

近い距離で見つめ合うと、登吾の艶《つや》のある黒い瞳に、自分が映っているように思えた。

「なんですか」

「でも、今日はおまえがとなりにいる。ひとりじゃない」

力強いまなざしを向けると、登吾は一瞬目を大きくして、やわらかくほほ笑んだ。

「今日だけじゃなくて、これからはずっと一緒にいます」

「――うん」

五年前の春はひとりでゆられた車両に、今は登吾とふたりで乗っている。

こんな日がくるなんて、あのときは夢にも思っていなかった。

仲間の前では、「人気役者になったら、サインしてやるからな！」と大口を叩《たた》いていたけれど、本当は夢や希望よりも、不安や心細さで胸が押し潰されそうだったのだ。

でも、今は違う。となりに登吾がいてくれる。だから、怖いものなどなにもなかった。

「とーごー、俺、今めっちゃくちゃ幸せだ……」

登吾の肩に頭をのせて、かみ締めるようにつぶやくと、ぴくぴくとその肩が動いた。

「おい、枕はじっとしてろよ。寝にくいだろ」

猫のように頭をすりつけながら文句を言うと、登吾はたまらず身をひねって、

「あ、あの、……今すぐキスしたいんですけど、だめですか？」

奎の顔をのぞき込み、余裕のない声で確認してくる。

「なに言ってんだよ、だめに決まってんだろ！」

目の前まで迫った額を押し返すと、登吾は叱られた大型犬のようにしょんぼりして、「すみません、先走りました」と、ふたたびおとなしく奎の枕となった。

そうは言ったものの、奎もなんだか気持ちが高ぶってきて、登吾の手を強く握った。

「奎ちゃん……？」

「ここでは、手だけな。キスは――帰ってから」

「……はい」

笑いを含んだ甘い声は、喜びに満ちていた。

ガタゴトとゆれる電車と手の温《ぬく》もりが、ふたりに心地よい睡魔を呼び寄せる。

「俺――、もう、あの夢は見ないような気がします」

「……そっか、よかった」

窓から差し込むやわらかな春の陽光が、肩を寄せ合ったふたりを優しく包んでいた。


「俺の部屋にきませんか」

日が暮れた商店街を歩きながら、珍しくそう誘われて、奎《けい》は内心で『きたか！』と察した。

今夜を逃せば、次いつチャンスが訪れるかわからない、という焦りがあったのだろう。

たしかに登吾《とうご》のベッドのほうがセミダブルで広いし、奎も離れがたい気分だったので「わかった」と、ふたつ返事でそのまま登吾のアパートへ向かった。

どちらがさきにシャワーを使うかで譲り合いになり、「だったら、一緒に入りませんか」と、図に乗っている登吾を、奎は蹴《け》り飛ばしてさきに風呂場へと入らせた。

登吾が出てくるのを待っているあいだ、奎はベッドの端に座ってそわそわしていた。彼女との初体験よりも、落ち着きを失っている自分に、思わず笑ってしまうほどだった。

そうこうしているうちに、登吾が風呂場から出てきた。濡《ぬ》れた前髪とスウェットパンツ姿が妙に生々しくて、なぜだかドキドキしてしまい、慌てて風呂場に入った。

登吾の半裸姿など見慣れているはずなのに、状況が違うとこんなにも意識してしまうものかと、いつもと勝手が違う自分に戸惑わずにはいられない。

シャワーを浴びると、腰にバスタオルだけ巻いて風呂場から出た。ベッドの上であぐらをかいて待っている登吾のもとへと近づくが、その熱い視線が肌に突き刺さるようで痛かった。

「奎ちゃん、本当にいいの？　無理してないですよね」

「してないよ」

ベッドの上でふたりとも、やや緊張した面持ちで向き合っている。

「俺、今でも心臓バクバクで……まったく余裕がないんですけど」

「俺だって同じだよ」

「でも、奎ちゃんにはできるだけ無理させないようにするから。いやだったり、痛かったりしたら言ってください。もう、前みたいに強引にはしたくないんで――」

眉尻《まゆじり》を下げた登吾は、一番に奎の体を気にかけてくれているようで、思わず笑顔になった。

「そんな、気にするなって。俺もおまえと、したいと思ってきたんだから」

「奎ちゃん……」

壊れものにでもふれるように、登吾の手のひらが奎の頬《ほお》をそっと包んだ。

これ以上になく真剣で、欲情に濡れた黒い瞳が近づいてのぞき込んでくる。奎も上目遣いで視線をからませながら、引き寄せられるようにして接近した。

登吾の顔が少し斜めにかしいで、奎は目を閉じて同じように角度をつけてあごを上げた。

唇と唇を押しつけ合うと、どちらともなく薄く口を開いた。

「――んっ」

上唇の形を確かめるように、舌先がなぞっていき、遠慮ぎみに口腔《こうこう》に差し込まれる。受け入れるようにして奎が舌をからめると、するりと逃げていき、ちゅっと口角を吸われた。

「あ……」

じれったくなって、唇を押しつけてやんわりとかむと、ふたたび厚みのある舌が、口の中をなでてきた。ゆるゆると舌を重ね合わせて、少し離れては唇の尖《とが》りを軽く吸っては食《は》んだ。

ふれては離れ、押しつけては舐《な》め合う。

何度も繰り返して、まるで甘い果実でもついばみ転がすように、唇をふれ合わせた。

今まで味わったことのない、おだやかで優しいキスだった。

「――ふっ…」

徐々に息が上がってきて、奎がいったん身を引くと、それでも登吾は追いかけるようにして、キスを求めてきた。いつの間にかベッドに押し倒されていて、しつこく続けてくる。

「……っ」

唇が互いの唾液《だえき》で濡れていて、ふれ合う度に、ぬるつく感覚がいやらしかった。音を立てながら口の端を吸い上げられ、口全体を愛撫《あいぶ》するように舐められて、呼吸が苦しい。

キスだけで頭がくらくらしてきて、奎はたまらず登吾の胸を軽く押し返した。

「と――登吾、ちょっと、……待って」

「なんですか？」

覆い被《かぶ》さったまま冷静な顔で見下ろされて、奎はいささか悔しい気持ちになった。

余裕がないと言ったわりには、じっくりねっとり進められて、文句のひとつも言いたくなる。

「あの……キス、長くねえ？」

「長くないですよ。俺はキスだけで、何時間もかけたいぐらいです」

「え……いや、それじゃあ、明日の朝になっちゃうぞ」

奎が呆《あき》れると、登吾も困った様子で、拳《こぶし》をあごにあてて黙り込んだ。冷静なように思えて、実はさきのことを考える余裕がないだけのようだ。気持ちは突っ走っているのだろう。

「俺、明日のバイト早番だから。どんどん進めようぜ」

照れ隠しもあって、あえて茶化すように言うと、登吾は不服そうな目で唇を尖らせた。

「……なるべくスピードアップします」

「だと、助かる」

ほっとして笑顔になると、登吾はベッドに両腕をついて、真剣な目で見下ろしてきた。

「俺、ガチで、本気モード入ってますから。覚悟してくださいね」

男のフェロモンを垂れ流しにされて、奎は小さく喉《のど》を鳴らした。登吾が登吾に見えない。

「そ、そうなの？　なんか、俺……大丈夫なんかな」

今になって、もしかして早まったんじゃないのかと、少しばかり弱気になってしまった。

「大丈夫ですよ。俺がついてますから」

そう言いながら、また唇を塞《ふさ》がれた。こいつはよほどキスが好きなんだなと、苦笑しつつ身を任せた。心地いいから問題はないのだが、主導権を握れないのがもどかしいのだ。

「――……あっ」

長く唇を堪能《たんのう》していた舌が、首筋を這《は》って鎖骨へと下りた。鎖骨の窪《くぼ》みに刻印でも押すかのように、何度も唇を押し当てられる。くすぐったさが気持ちよかった。

「ん…っ…」

そのまま尖った舌先が、薄い胸板の中央の溝をつつっとすべっていく。快感ともいえる刺激が、舌の動きに合わせて上がったり下がったりして、うっとりと酔いしれる。

「奎ちゃんのここ、かわいいですね」

予期せぬタイミングで、胸の小さな突起を指先でつまれた。

「わっ……!」

無防備だったので、つい大きな声が出てしまい、自分でも驚いた。

「と、登吾……そこは、ちょっと……」

「いや、ですか?」

わざわざ顔をのぞき込まれて確認される。見られるのが恥ずかしくて顔を横に向けた。

「い……いやでは、ないけど、でも——」

「じゃあ、続けますよ」

なにも言い返せずに、横を向いたまま顔を赤らめた。ここにきてやめられても、それはそれで困る。キスだけで熱をもってきた下半身も、おさまりがつかなくなっていた。

登吾は胸の尖りを、ゆっくりと指の腹で押し潰《つぶ》し、指先で器用に転がした。

「…あっ、や…め…」

「ここ、感じますよね?」

指の腹ですり潰すように摩擦して、加減を探るように指先でつままれる。その度に伝わる、鈍い痛みのような快楽に、奎はぎゅっと目を閉じて吐息を震わせた。

「——ふっ…ぁ…」

「奎ちゃん、どう? 気持ちよくないですか」

「い——いちいち聞くなって……」

呼吸を乱しながら、潤んだ目でじろりと睨《にら》みつけた。顔も火照《ほて》っている。

「……よかった、気持ちいいんだね」

奎の表情から勝手にそう判断して安心したのか、登吾は胸への愛撫を続けた。

爪の先で弾《はじ》かれて、執拗《しつよう》に片側の胸ばかりを攻められて、じんじんしてくる。ときおり挟んだ指の腹でこねるようにすり合わされて、奎は意図せずに下半身をよじっていた。

いきなり舌で押し潰すように、ねっとりと舐め上げられ、喘《あえ》ぎ声がもれそうになる。

「――っ！」

そのまま口に含まれて、強く吸われた。舌先で粒を転がされ、唇ですり合わせたり、甘がみされたりして、強烈な刺激に言葉にならない愉悦が、もろに腰を襲って身もだえた。

「あっ、あぁ、もっ…ばか、それ」

「奎ちゃんは、乳首をいじられるのが好きなんだね」

「な――なに言って……」

「だって、すごく感じてるみたいだから。ここも硬く尖ってきてるし」

つまみ上げるように軽く引っ張られて、ひゅっと喉を鳴らした。泣きたい気分だ。

「う、っせぇ……、も、いい、どけよっ！」

登吾を押しのけて、起き上がろうとしたけれど、逆に肩を押さえ込まれた。

「だめです、逃がさない。奎ちゃんが本当にいやならやめるけど、そうじゃないよね？　気持ちいいなら恥ずかしがらずに、もっと感じてください」

こんなときでも微塵《みじん》の照れもなく、いつもの澄んだ瞳で見返してくる登吾に、奎はすでにギブアップ寸前だった。恥ずかしがらずにと言われても、恥ずかしくないわけがない。

平然としている登吾のほうがおかしいのだと、奎は恨めしく感じた。

「おまえ、エッチになると、人が変わるんだな……」

責めるような口調で不満をもらすと、登吾は心外そうにむっとした。

「変わってません、これが本来の俺です。いつもは——妄想で我慢してますから」

「なにそれ、むっつりかよ」

それには答えず、登吾の視線がすっと下がり、奎の下半身に向けられた。

中途半端に頭をもたげはじめた性器が、腰に巻いたバスタオルをわずかに押し上げている。

奎は慌てて身を起こして壁まで下がると、下腹部に枕をあててごまかした。

「——もしかして、勃起《ぼっき》してますか?」

露骨な言葉に奎はうろたえて、「おまえ……勃起って言うなよ!」と、顔を赤らめた。

「奎ちゃんのほうが声大きいよ」

おかしそうに目を細めたのち、登吾は感慨深そうにつけ加える。

「俺がさわっても……感じて勃《た》つんだね」

「そ、そりゃ、気持ちよければ勃つだろ。俺だって男だし、エロいし……。あんなキスされて、おまけに乳首までいじられて、それで勃たない男は――」

いない、と言いかけて、枕を抱えたまま身を乗り出した。

「――違う、おまえだから、だ。ほかの男にされたって、キモいだけなんだから。絶対無理。考えただけで寒気がする。登吾が相手だから、エロい気分になるんだよ」

慌ててそう訂正した。登吾は嬉《うれ》しそうな顔で、じゃあ――と、とんでもないことを言った。

「エロくなった奎ちゃんの、そこ、見せてください」

「は？ ばか、いやに決まってんだろ。わざわざ見せるような大層なもんじゃねえよ」

「それでも、……すごく見たいです」

せっぱつまった様子で、壁に両手をつき、奎を腕の中に閉じ込める。これ以上下がれない。

「奎ちゃんの――どうなってんのか、知りたい」

「な、なにを今さら……。ガキのころは、大きさをくらべ合ったりしたろ。年末は一緒に銭湯にもいったんだし。もう充分、知ってんだろ」

「あんなかわいらしいの、なんとも思わないですよ。それに、銭湯では目に入らないように、必死でがんばってたんです。公共の場で興奮するわけにいかないから」

「かわいらしいって……失礼だな！ てか、なんなんだよ。登吾、おまえ、変態か？ 男のちんこなんか見て、なにが楽しいんだ」

「奎ちゃんの、だからです」

真上から顔をのぞき込み、真面目な態度で言われて、奎は目を大きくした。

「さっき奎ちゃんも、言ってましたよね。ほかの男はキモいだけだって――。俺だって同じですよ。奎ちゃんのだから、見たりさわったり、舐めたりしたいんです……」

ひどく熱っぽい瞳で訴えかけられて、気持ちが高ぶってくる。鼓動が速くなってきた。

「さわっていい？」

「だ――だから、何度も聞くなっ……、あっ」

言ってる最中に、早々と枕を取り上げられ、バスタオルの裾《すそ》から手が進入してきた。内股を手のひらで、さするようになで上げられて、思わず立てた膝が震えた。

「ま……待てって、俺がいやなことはしないって言ったよな」

「見たりはしません。さわるのはいいですよね？」

「……登吾」

いいとも、だめだとも言えず、登吾の視線から逃げるように、顔を伏せた。

正直なところ心の片隅では、早くこれをどうにかしてほしい、という甘い欲求もあったりして、自分が自分でなくなっていく感覚に、不安を覚えずにはいられない。

「奎ちゃん……心配しないで。前みたいな、やり方は絶対しないから」

優しくさわるだけ――と、耳元でささやいたとおり、もどかしいほどに丁寧に愛撫した。

先端を手の中にゆるく握り込み、幹全体の形をなぞるように、ゆっくりと上下に動かす。

「…ふっ、あ…ぁ…」

それだけで、奎の性器は腹につくほどに反り返り、加減を確認するように強く握られた。

「奎ちゃんの……すごく、硬くなってるね」

「――」

さらに羞恥《しゅうち》を煽《あお》られ、いたたまれなくてなにも言い返せない。

「さきっぽ、ぬるぬるしてきたよ……」

濡れそぼった先端を、指の腹でやんわりとなで回しながら、そんなことを言う。

いちいち解説するな！　と胸中では叫んでも、気持ちよさが先走ってそれどころではない。

登吾は片手で刺激を与えながら、奎の顔をのぞき込んで、表情や反応をうかがっていた。

いやがっていないか、どれぐらい感じているか、気になるのだろう。

けれど、快感に身を任せている顔を、間近で登吾に見られるのは、あそこを見られる以上に恥ずかしかった。それなのに、同時に淫《みだ》らな気持ちにもなってきて、たまらない。

「んっ、そこ、あ…ぁ…」

「どこが一番いい？　全体こするのと、さきと――それとも、ここ？」

やわやわと根元の袋を揉みしだかれて、「ふっ…」と鼻から甘い吐息が抜けた。

硬く勃ち上がった幹や、丸みを帯びた先端や、下生えの奥などを、指先でなでたり、手の筒で軽くこすったりするが、どこにふれても力加減があいまいなので、直に腰に響かない。

気持ちよくて快楽はあるけれど、どことなくもたつく感じで、欲を言えばもっと激しい刺激がほしかった。もっと強く、握ってほしい。強くこすってほしい——。

そんな歯がゆさから、自然と眉間《みけん》にしわを刻んでいると、

「奎ちゃん……もしかして、我慢してますか」

登吾が心配そうな声で聞いてくる。

「ち——違う、そうじゃなくて、逆だって……。もっと、乱暴でもいい、から」

思っていたことがつい口から出て、登吾は「えっ?」と目を丸くした。奎も自分で慌てた。

「い、いや、だから、そんな慎重にならなくても、って意味で——」

ばつが悪くて目尻を赤くしていると、登吾は言いたいことを察したようで笑みをこぼした。

「わかりました。じゃあ、もっと、乱暴にしますね」

「えっ、な、なに——」

ゆるやかに幹を握っていた手が、徐々に強さと速さを増して上下する。絶妙な強弱をつけて、手の筒でしごき上げるように、休まず一定のリズムをつけて追い立てた。

「…あっ、んっ、それ…いい」

望んだとおりの愉悦が腰にまとわりついてきて、気持ちよさにかぶりを振った。

「——奎ちゃん……」

登吾の手淫《しゅいん》が激しさを増して、いつの間にかバスタオルがはだけてしまっていたが、今の奎

にはもうどうでもよくなっていた。一気に官能を煽られて、我を忘れていた。

快楽で腰が浮き上がりそうになり、下唇をきゅっとかみ締める。登吾の手の動きに同調するように、奎は我知らず、自身の両足を交互にシーツにすりつけていた。

「はっ…あぁっ…」

「奎ちゃん、すごくエロい顔してる……」

うわずった声でそう言いながら、硬く張りつめた幹の先端を、ぐりぐりと押し潰す。

「――あっ、や、やだ……待て、やめろ」

「ここがいいんですね。もっと、いろんな顔見せてください」

切れ切れに喘ぐ奎の顔を見つめながら、登吾は頬やあごについばむようなキスをする。

「ば――ばか、顔も見る、なって……」

言葉にならない恥ずかしさで顔が熱くなり、手の甲で目元を隠した。

「奎ちゃん、注文が多いよ。じゃあ、もう顔は見ないから、そのかわり――」

後方にずり下がった登吾は、唐突に奎の性器を口に含んだ。

「……ひゃっ…！」

いきなりの衝撃に思わず、変な声がもれてしまったが、舌先で窪みを突《つ》かれて、

「や…あっ、あっ…」

嬌声《きようせい》へと変化した。手では感じなかった、わけのわからない情動が腰を這い上がる。

「奎ちゃんのここ、すごくいやらしい……」

見ないと言ったくせに、結局は直にまじまじと観察されて、愛《め》でるようにもてあそばれた。

張り出した部分をちゅっと吸い上げて、裏筋にも舌先が這っていく。

「と──登吾、そ…れ、だめ、だっ…」

「ほんとに？　でも、感じてるみたいですよ。ひくひくしてる」

屹立《きつりつ》の根元を握って、まるでアイスキャンデーでも味わうように口淫を続けた。

頭の部分を口に含んで、舌で円を描くように舐めたり、幹全体を唇でこすったり、ときどき口を離して性器の具合を確認して、指の先で軽く鈴口を引っかいた。

「──あっ！」

「……すみません、痛かった？」

まるで玩具《おもちゃ》を手にした子供のように、夢中になって好き放題されたが、奎は文句を言う余裕などなかった。それよりも、登吾の乱暴な愛撫に翻弄《ほんろう》されて、頭がぼおっとしていた。

けれど、いくら舌で舐めしゃぶられても、体の芯《しん》で今にも爆発しそうになっている射精感を、解放する引き金にはならなくて、下腹部が苦しくてたまらなかった。

「と、登吾、もういいから、強くこすって……」

たまらず奎は、自ら足を大きく開いて、自分からお願いしていた。

「奎ちゃん……そろそろ、達《い》きそう？」

「い——達きたい、よ。てか、もう出そう……だから、早く」

知らぬ間に登吾の肩に爪を立て、内股を震わせながら泣きそうな顔で哀願する。

「……奎ちゃん、すごくかわいい……」

登吾は膝立ちになると、性急な動きで自身のスウェットパンツに片手を突っ込み、完全に勃ち上がったペニスを取り出した。大きくて張りのある、若々しいそれに思わず目がいく。

「おまえ……それ」

「ごめん、挿《い》れるまで我慢しようと思ったけど、無理っぽい……。一緒にやっていいですか」

「ど、どうすれば……」

「奎ちゃんのと、くっつけてこすりたい」

登吾は目の色を変えて奎に迫った。立てた膝を交差させて、下腹部を密着させようとするが、それでも肝心な箇所が届かないので、さらに奎の腰を手前にぐっと引き寄せる。

「あっ、ちょっ…、待て」

バランスを崩して後ろに倒れそうになり、両手をついて突っ張った。自然と腰を突き出す体勢となり、登吾は腰を浮かせて前のめりになると、慌てて奎に自身をあてがった。

「——け…い、ちゃん」

わけがわからぬまま股間を押しつけられ、普段とは違う野性的な目で見つめられて、奎は今にも心臓が破裂しそうだった。ひどく興奮している。登吾も息が荒い。

目が合うと、ふたりとも焦ってキスをした。貪《むさぼ》るように舌をからめながら、登吾は天を突くほど反り返ったペニスを、奎の性器に重ね合わせて、性急にしごきあげた。

はち切れんばかりに硬くなった、互いの幹が強くすり合わされる。

「あっ、あぁっ！　なに…これ、超、やばい…って…」

どくどくと脈打つ感触が直に伝わってきて、奎はたまらず目を閉じて胸を反らした。

予想を遥《はる》かに上回る気持よさに、腰が浮き上がりそうになる。

「奎…、ちゃんも――、手で……やって」

「――む、無理……だよ」

体重をかけるようにすりつけてくるので、自分の体を支えるだけでせいいっぱいだった。

それでも「奎ちゃん…、早く」と催促されて、なんとか身を起こして片手を伸ばした。

登吾はその手を自身の太い幹へと導き、それぞれが相手のものを強くしごいた。

「くっ、ぁ…」

下肢がぐずつき溶けてしまいそうで、腕に力が入らない。奎はそのまま倒れるようにベッドに背中をつけて横になり、登吾も折り重なるようにして上から身を伏せた。

下腹部を密着させた体勢となり、登吾は腰をゆすりながら、奎の性器に自身の矛先《ほこさき》をすりつけた。迫りくる射精感を前に、激しく追い立てられては、ひとたまりもなかった。

「あっ、登吾――俺、もっ…だめ、出…るっ！」

「け——奎ちゃん、もう少し、我慢して、俺まだ……」

「だめ、達く……っ……！」

またたく間に蠢動《しゅんどう》が背筋を這い上がり、絶頂の波に飲み込まれる。伏せた睫毛《まつげ》が震えた。

「い……あぁっ……」

熱く疼《うず》く中心で、欲望が弾《はじ》け飛ぶ。

登吾のペニスを押しつけられたまま、奎は腰を痙攣《けいれん》させて白濁の液を放っていた。ひとりでさきに達してしまった奎を、登吾は真上から食い入るように見つめている。

腰が砕けそうな絶頂感の余韻で、奎はベッドでぐったりしたまま荒い呼吸を繰り返す。

「奎ちゃん、一緒に達きたかったのに……」

「——」

残念そうな声に少しずつ理性が戻ってきて、えも言われぬ羞恥で逃げ出したくなった。

「お——おまえが、しつこく、前戯をするから……！」

横を向いて口を尖らせ、言いわけをするけれど、その顔は耳まで赤く色づいている。

「……気持ちよかったですか？」

奎はそっぽを向いたまま、「最高に、よかった」と、子供のように指先をかみながら言う。

登吾は安心したのか、スウェットパンツを脱ぐと、自らも全裸になった。体に見合う、形のいい男らしいペニスは、中途半端に放り出さたまま生々しくゆらいでいる。

目のやり場に困りつつも、奎はふたたび体の奥がじんと熱くなるのを感じていた。

「それ、俺が——手でやったほうがいい？　上手くできないかもだけど……」

裸で覆い被さってきた登吾は、いいえ、と嬉しそうに目を細める。

「我慢できなくてフライングしただけで、俺は早く、奎ちゃんの中に入りたいです」

奎の肩をつかんで強引にひっくり返すと、うつ伏せの状態にした。

「そのまま、ちょっと待っててください」

ベッドの横にあるカラーボックスの棚に手を伸ばして、化粧品ボトルを取り出した。

「それって……」

男同士の性行為がどういうもので、なにが必要か、奎もひととおりチェックはしていた。

「全身に使えるスキンローションです。専用のがないので、これで代用しますね」

それからの登吾の行動は素早かった。

奎が呆気《あっけ》に取られている隙《すき》に、腰をつかんで高く持ち上げると、尻の谷間に舌を這わせた。

これにはびっくりして、四つん這いになったまま体が硬直してしまった。

「ちょ…っ、待て待て待て！　登吾、なんだよ、この体勢！」

「前言撤回します。奎ちゃんがいやがっても、もう途中でストップできない……。だから、確認をとるのもやめました。いちいち聞くなって言ったの、奎ちゃんですよね？」

「そ、そうだけど……、でも、汚い…てっ、そんなとこ」

「奎ちゃんの体で汚いところなんてないですよ。俺は足の指まで、全部舐められます」

「……」

なにを言っても無駄だ。こうなったら腹を決めて、されるがまま身を任せた。

舌先で窄《すぼ》まりを突かれ、ローションを使って指でなで回されると、はじめて味わう感覚に、ぶわっと鳥肌が立った。丁寧に執拗にほぐされて、違和感が快感へと変化する。

「——はっ…、あぁっ！」

指先が窄まりの中にぷつっと入ってきたときは、思わず背中を弓なりに反らせた。

「奎ちゃん、もっと腰を上げてください」

「……くっ、そ…」

いくら相手が登吾でも——いや、好きな男の前だからこそ、顔から火が出る思いだった。

「おまえは——こういうのが趣味なのか……」

「中をほぐさないと挿れられないし、奎ちゃんに痛い思いをさせたくないだけです」

挿入される側だとはわかっていたけれど、実際に身をもって経験するとなると、計り知れない恥ずかしさで憤死しそうだった。それでも奎は、登吾のために耐えることにした。

もう逃げたくなかったし、なんとしても登吾の気持ちに応えてやりたかった。

「……わかった、続けろよ」

上半身をベッドに伏せて尻を高く上げると、背後で息を飲むような気配が感じられた。

ローションを直に垂らされて、慣れない感触に思わずシーツをつかんだ。肉の輪を押し広げるように増やされた指が、入り口に近い箇所をピンポイントでこすっていく。

「ひ…ぁっ……」

身震いするような、形容しがたい淫らな感覚が背筋を駆け抜ける。自分でも驚いた。

「そ——そこ、なんか、変、だ」

「あぁ、たぶん、男が感じるところですよ」

登吾が的確に刺激する箇所は、明らかに性的快感を引き起こし、奎をうろたえさせた。

「お、おまえ……男とやったことあんの？」

「もちろんないです。いざというときのために、いろいろ勉強しました」

「……そうなんだ」

気持ちは嬉しいけれど、ベッドの上ではあまり発揮してほしくなかった。努力の甲斐《かい》あってか、登吾は探り当てた目的の場所を、丹念に指の腹で押したりこすったりした。

「ぁ…あ、あぁっ、あ」

後ろの穴に指を抜き差ししながら、背中に覆い被さるようにして、奎の高ぶりに手を伸ばしてくる。達したばかりのそこは、いつの間にかまた張りつめていた。

「奎ちゃん、また勃ってる……。ここ、すごくいいんだね」

耳朶《じだ》に甘いささやきと、吐息がかかる。奎は言い返す気力もなかった。登吾の長い指が狭い器官をえぐってかき回す感覚に、全神経が集中して嬌声をもらさずにはいられない。

自分の体の内部が、とんでもないことになっている気がした。

「と――登吾、なんかやばい、もっ…」

「奎ちゃん……ごめん、俺もやばい。もう挿れていい？　これ以上は我慢できない」

後ろから指が抜かれると、腰を持って仰向けにされた。はあはあと荒い息をしながら、全身を投げ出している奎だったが、休むひまもなく両足を大きく開かされた。

「――奎ちゃん、痛かったら、ごめんね」

眉間にしわを寄せた、登吾のつらそうな顔が目に入ったかと思ったら、両足を深く折り畳まれていた。浮き上がった尻の谷間にそって、硬い矛先が何度かすりつけられる。

せっかちな動きで奎の足を抱え直すと、今度は中央の窄まりに自身をあてがった。

前方にぐっと身を倒しながら、力強く押し込む。

「くっ…ぁっ…！」

硬くぬるついた先端が、一気に輪の縁を広げていく感覚に、奎はたまらず息をつめた。

「……奎、ちゃん、力を抜いて……」

「む――無理……」

痛みとともに、指とはくらべものにならない太いものが、じわじわと中をこじ開けていく。

奎は目を閉じてなんとか耐えた。張り出した笠の部分が入ると、登吾は動きを止めた。

「奎ちゃん、大丈夫？」

無意識にかぶりを振っていた奎は、それでも薄く目を開けて笑おうとした。

「た…たぶん、なんとか――平気……」

自然と目尻にうっすら涙がにじんでいて、登吾はせつなげな顔でその涙を拭《ぬぐ》った。

「ほんとに、ごめん……。俺、奎ちゃんをまた泣かせてるんだね……。でも、やめられないよ。奎ちゃん、どうしよう、俺、やめられない……」

うろたえた様子で泣きそうな声であやまられて、登吾がどれだけ自分を欲しがっているのか、痛切に胸に響いた。それだけで奎は幸せな気分になり、痛みなどどこかに吹っ飛んだ。

「――ん、わかってる。いいよ、俺もおまえと最後まで、やりたいから」

首に両手をかけて引き寄せると、登吾はくしゃりと顔を歪《ゆが》めてうつむいた。そのまま腰を突き入れるようにして、勢いに任せて一気に奎の体を貫いた。

「はっ！　あぁ…っ…！」

身を引き裂くような鋭い痛みが走り、同時に体内で脈打つ男の熱をまざまざと感じた。

登吾が中にいる。下腹部が登吾でいっぱいになり、圧倒的な強靭《きようじん》さをもって内在する。

胸の奥から熱いものが込み上げてきて、なぜだか泣き出したい衝動に駆られてしまった。

「とーごぉ…、もっと、こい、よ……」

朦朧《もうろう》とした意識の中で、奎はさらに登吾を取り込もうと、肩に抱きついた。

「――奎、ちゃん、早く終わらせるから……。だから、もう少しだけ我慢して……」

言い終わるや否や、ゆっくりと腰をゆすった。

根元まで埋め込んだペニスを、入り口近くまでじわじわと引き抜き、ふたたび最奥まで慎重に進める。狭い場所を押し開くようにして、幹全体で肉壁をこすっていく。

「いっ…あぁっ…」

決して焦らず、一定のペースで抜き差しを繰り返す。時間をかけたその行為は、まるで自身の形を奎の体に覚えさせるようでもあり、丹念にゆるゆると腰を動かした。

「う、ふ…っ、ん…」

ゆったりとした動きに慣れてくると、呼吸を合わせることもできて、体が少し楽になった。同時に痛みが薄れて、少なからず快感も芽生えた。抜くときの感覚がなんとも言えない。

「――奎ちゃん、もしかして、中で感じてる？ ……からみついてくる」

「うん、ちょっと……」

額にうっすらと汗をにじませた奎は、苦笑しながら乾いた唇を舌で舐めとった。その仕草に登吾は目を大きくして、指先で奎の唇にふれながらキスをした。前髪にも手を伸ばす。

「髪の毛、くっついてるね……」

そう言って、やわらかく笑う。奎が感じてることで、登吾もほっとして気遣いがなくなったのか、それからは徐々に動きが荒々しくなってきた。抜き差しだけだったのが、中をこねるように突いたり、かき回すようにして腰を動かした。

「やっ、あぁっ…」

ときおり硬い先端が浅い箇所をこすり上げると、指での愛撫と同じような甘い疼きが生じた。下腹が苦しかった。それでも気持ちがいい。奎は登吾に突かれて欲情していた。

「奎ちゃん、の中……すごく、いい」

情動を抑えきれなくなった登吾は、気ぜわしい動きで奎の体をゆさぶった。淫らな腰つきで煽り立てられ、きしむベッドのスプリングに合わせて、奎の腰も上下した。

「まっ、待って……、登吾…っ」

「ごめん、もう、ちょっとだから……」

徐々にピッチが上がり、抜き差しの勢いも増していく。ぬかるんだ中から一気に引き出しては、深いストロークで力強く最奥まで突いてくる。ずるずると何度も激しく出入りする。

荒ぶった登吾の動きを受けて、奎は体も心も暴かれて、支配されていた。

「んっ、あぁ…、あっ！」

息をひそめていた獣性が目覚めたかのように、登吾は腰を進めた。容赦のない突き上げに奎は意識が飛びかけていた。まるで抱き人形のように、下肢をゆすり立てられる。

奎も知らないうちに、自ら腰を振っていた。

体内に埋め込まれたものが、今にもはち切れそうに脈打ち、絶頂の兆《きざ》しを見せた。

「——ぁ…奎、…ちゃん」

登吾はひときわ激しく、奎の奥まで腰を突き入れて、倒れかかるように身を伏せた。

「中に——、出して、いい？」

「えっ……」

なにを言われているのかよくわからないまま、奎が薄く目を開けると、

「——っ…ぅ、奎ちゃん…大好き…っ」

上り詰めた登吾が、あえぐように名前を呼びながら、若い性を勢いよく弾けさせた。

下腹部を重く圧迫していたものが、中でびくびくと痙攣して、飛びかけた意識が戻った。

体内に熱いものが叩《たた》きつけられる感覚に奎は驚いた。

「おまえ……、俺の中で、達ったの？」

まだ繋がったままで、呼吸を乱している登吾は、申し訳なさそうな顔であやまる。

「……すみません。奎ちゃん男だし、いい、かなって——」

「それ、雑だろ。そういやおまえ、ゴムもつけてねえし、はじめてが中出しって、どうよ？」

登吾は今になって、いたたまれなくなったのか、奎の肩に顔を伏せた。

「……すみません」

「けど、それだけ俺の体に興奮して、気持ちよかったってことだよな？　俺、すげえな～」

にかっと笑うと、登吾はなんとも言えない複雑そうな顔で、すごいです、と口走った。

「それはそうと、もう抜けよ。なんか、中が気持ち悪い……」

登吾がおとなしく腰を引くと、勢いが衰えないものが出ていく感覚に身震いした。

股のあいだがべたべたで、大変なことになっている。なんだか急に冷静になってきた。

「登吾、重い、疲れた。どいて」

「……はい」

命令されるまま身を起こすと、登吾はとなりで横になり、奎と同じように天井を見上げた。

なぜだか登吾は放心状態で、無言でぼおっとしていた。感無量なのかもしれない。

激しかった行為も終わってしまうと、登吾はいつもの登吾で、奎は吹き出しそうになる。

けれど、笑うのは失礼かと思い、なんとかこらえた。

汗が引くと体が少し冷えてきて、奎がくしゃみをすると、登吾が毛布を引っ張りあげた。

ふたりで肩をくっつけて毛布にくるまる。子供のころを思い出した。

ふと、ベッドヘッドから、奇妙なものが垂れ下がっているのが目に入った。

「なんだ？」

寝転んだまま手を伸ばして取ると、それは空気が抜けてしぼんだ、赤い風船だった。

「あっ、それ」

登吾が気づいて慌てて寝返りを打ち、奎のほうに向いた。ベッドに片肘《ひじ》をつく。

「なにこの風船。おまえ、こんなもんどこで――」

「それ、奎ちゃんが、バイトのとき俺にくれた風船です」

そう言われて、奎は目をぱちくりさせた。着ぐるみパンダのときだ。すっかり忘れていた。

「あぁ～、そういえばあったな。でも、なんで取ってあるんだよ。もう、捨てろよ」

「捨てません。せっかく奎ちゃんが俺にくれたのに……」

大切そうに奎から風船を取り戻すと、登吾はいたって真面目な様子で、

「奎ちゃんがくれたものは、子供のころから全部、なんだって大事にとってあります」

誇らしげにそう言った。奎はぽかんとする。

「子供のころからって……マジか。いいから捨てろよ！」

「だって、奎ちゃんが俺にくれたんですよ！　一生の宝物です。絶対捨てたりしません」

「……。じゃあ、それも？」

ドン引きしそうになって、しぼんだゴム風船を指さすと、登吾は力強くうなずいた。

「なんでもいいんです。大好きな奎ちゃんがくれたものは全部、奎ちゃんの一部だから」

はあ……と、深いため息がもれる。奎は両腕を交差させて顔を隠した。

「――おまえ、どんだけ、俺が好きなんだよ……」

不覚にも泣きそうになってしまった。登吾がかわいくて、愛《いとお》しくて、胸がつまる。

「俺も、ときどき……自分でキモいです。でも、この気持ちはどうにもならないから」

「登吾――おまえ、なんで、そんなに俺のことが好きなんだ？　俺は正直なところ、どうして

『俺』なのか、わかんないよ……」

顔を隠したままでいると、登吾がその腕をそっと外して、のぞき込んできた。

慈しむような、優しい目をしている。口元には笑みがにじんでいた。

「それは——、奎ちゃんが、昔も今も変わらず、ずっと奎ちゃんだから、ですよ」

「……」

登吾は、今まで言わなかったけれど——と前置きして、胸中にひめた思いを語った。

奎が幼少のころから、『演じる』行為に没頭しているのを、登吾はうらやましく感じていた。

自分には子供のころから夢中になれるものがなくて、それは大人になっても同じだった。

どうせ、なにかに夢中になっても、一生、それを好きでいるなんてできないんだと、幼少の身でありながら、すでに諦《あきら》めてしまっているところがあったのだ。

その原因は両親だった。

学生恋愛で結婚した両親だったけれど、父親が一度だけ誤って手を上げたことで、母は離婚を考えたのだとのちに知り、夫婦とはそれほどもろいものかと、物心ついたときに思った。

離婚後、はじめての面会日に、幼い登吾は母に聞いた。

『なんで、お母さんは、お父さんと一緒にいないの？』

父からは、もう一緒にいられないから、お母さんは出ていったのだと、聞かされていた。

『お母さん、お父さんのこと、大好きやってゆーとったよね。やのに、なんで？』

『──前は大好きやったけど……、今はそうやないからよ』

母は寂しげな笑顔で、はっきりそう口にした。

『じゃあ、とーごのことも好きやないの？　だからお母さん、帰ってこんの？』

登吾は涙をぐっとこらえたが、母は『ごめんね、仕方がないの』と、代わりに泣いた。

登吾は子供ながらに、そっか、と悟った。大人になったら仕方ないことがたくさん増えて、大好きだった人も嫌いになってしまうんだ。そうなったら、もう元には戻れないんだ、と。

それにしても、大好きだったものが嫌いになっていくなんて──、これほど悲しくて、寂しくて、苦しいことがあるだろうかと、幼い登吾は胸を痛めた。

「──だったら、最初から誰もなにも、好きにならなきゃいい……。そう思いました」

はじめて登吾の口から、両親の離婚話を聞いて、奎はなんとも言えない気持ちだった。

それで納得した。着ぐるみのバイトのときに、奎を殴った子供に本気で腹を立てていたのは、暴力に対しての嫌悪感が人一倍あったからだろう。

「でも、もしも人を好きになるなら、俺は絶対、一生好きでいられるような人がいいって、そう決めました。父さんや母さんみたいに、なりたくないって……」

かすれた声で言いながら、登吾は両手で顔をなでた。思いつめたような目だった。

「登吾……」

しばらく天井を睨みつけていた登吾は、唐突に首をひねって笑顔を見せた。

「奎ちゃん、覚えとる？　学芸会の電柱役で——」

「あ？　おまえー、だから、それは俺の黒歴史だって言ってんだろ！」

「違うよ。特訓のほうじゃなくて、本番のほうですよ」

「本番？」

登吾はふたたび天井に目を向けたが、その横顔はおだやかで郷愁に満ちていた。

「あの日、俺は奎ちゃんを——」

そう言いかけたが、口に出すのがもったいないような表情で、胸の内にしまい込んだ。

奎も同じように天井を見上げて、あの日に、思いを馳《は》せた。

小学校の体育館でおこなわれた学芸会。奎は主役をやりたかったのだけれど、決まった配役はただ突っ立ってるだけの電柱だった。じゃんけんに負けたのだ。

はりきっていたので、決まった直後はとても残念で、しばらくへコんでいた。けれど登吾が、『けーちゃんなら、電柱だってカッコええよ！』と励ましてくれたので、元気が出た。

セリフも動きもない電柱だけれど、やるからには本気でがんばろうと決めた。本物の電柱になりきるために、翌日から特訓をはじめた。登吾も応援して、つきあってくれた。

犬におしっこをかけられたり、車に泥水をはねられたりするのを、登吾は少し離れた場所で心配そうに見守っていた。『今日はめちゃ電柱やったね！』と、感想も言ってくれた。

学芸会当日。幕が上がり劇ははじまったものの、まだ奎が登場していないので、登吾はつまらなかった。場面が変わって、舞台の端っこに奎の姿を見つけると、登吾は目を輝かせた。

奎は段ボールで作った丸い筒に入り、顔のところだけ穴を開けていた。丸い筒は電柱らしいねずみ色で、奎の顔全体もねずみ色に塗られている。それを見て、登吾は少し笑った。

けれど――、途中で奎の異変に気づいた。

奎は目を真っ赤にして、両目から涙を流していたのだ。登吾はびっくりしたが、ほかの誰もそんなことは気にとめていなくて、笑ったり手を叩いたりしている。

そのとき登吾は、やはり奎は主役がやりたくて悔しくて、泣いているのだと思った。

短い出番が終わり、顔を洗っている奎に、登吾がどうして泣いていたのかと、尋ねると、

『泣いとらんって。電柱はまばたきしないやろ？　ずっと目開けとったら、痛くて』

それを聞いて、登吾は衝撃を受けた。てっきり、悔しくて泣いているのかと思ったのに、奎は出番のあいだずっと、まばたきを我慢していて、それで自然と涙が出たのだった。

まさか、電柱一本にそこまで一生懸命になるなんて――。

すごいと思った。なにより奎が本当にお芝居というものが、大好きなんだと登吾は知った。

「俺はあの日、奎ちゃんが泣いてるのを見て、すごく胸が痛かったんです。でも、奎ちゃんはけろっとしてて――、まさか、まばたきを我慢してたなんて、考えないですよ」

過去の回想に浸っていた登吾は、あらためてそう言い直した。

「まあ、それだけ必死だったんだよな。あんま覚えてないけどさ……」

奎にとっては、役の訓練のほうが強く記憶に残っていた。それは本番より訓練のほうが楽しかったからだ。いつも登吾がそばにいて、感想を言ってくれたり協力してくれたから――。

「奎ちゃんが、『電柱はまばたきしないやろ』って笑いながら言ったとき、ああ……、この人はばかなんだなぁと、子供ながらにそう思いましたよ」

「ひどいな！　ばかってなんだよ、ばかって！」

素早く起き上がって睨みつける。登吾もゆっくりと上体を起こした。

「そうじゃなくて、役者ばかってことです。ほめ言葉ですよ。けど――すごく感動しました。たったひとつのものに、そこまで夢中になれる人がいるんだって、泣きそうになりました。この人なら、俺も一生好きでいられるって、その日思ったんです」

「登吾……」

真剣な顔で見つめられると、調子が狂う。意識してまともに顔が見られないのだ。

「嬉しかった……。この気持ちは、大人になっても絶対ずっと、大事にしようと決めました。でもたぶん、それは今だからそう考えるだけで――」

熱い告白の最中に一瞬黙り込むと、登吾は夢見るような顔で、ふいに嬉しそうに笑った。

「本当は、奎ちゃんにはじめて会ったときに、もう好きになってたんだと思う」

「はじめてって――公園で助けてやったときか？」

「はい。あのとき、俺をかばおうと目の前に立った奎ちゃんは、一回り体は大きかったけど、それでもその肩は少し震えてて――」

たしか相手の悪ガキは奎よりも年上だった。でも、負ける気はしなかった。

「俺の気のせいかもしれないです。でもこの人もほんとは怖いんだって――。それなのに、俺を守ろうとしてくれてるって……。それが嬉しくて、ヒーローみたいに見えました」

聞いているだけで、首の裏側がくすぐったくなってきて、奎は自然と首筋をなでていた。

「けど……最初は俺だけのヒーローだったのに、だんだん周りに人が集まってきて、そしたらみんなのヒーローになっていくみたいで、寂しかったです」

「それで――」

奎が公園で仲間と一緒に『なりきりごっこ』をはじめると、登吾は後方にいるようになった。遠くから遠慮ぎみに奎を観るようになり、奎も本当はもの足りない気分だった。

一番、近くで観て笑ってほしいのは登吾なのに――。

「だから正直なところ、奎ちゃんが役者として有名になっていくのも、実は複雑なんです。奎ちゃんが、俺の手の届かないところにいってしまいそうで……」

「登吾」

強い口調で名前を呼ぶと、登吾はうつむき加減だった顔を上げた。

「俺だって、中途半端に好きになって、途中で投げ出したもんはたくさんあるよ。けど、『舞台』と『おまえ』だけは特別なんだ。途中でなにがあっても、俺は一生好きでいる」

絶対、嫌いにならない――と、まっすぐ目を見て宣言する。

登吾は眩《まぶ》しいものでも見るように目を細めた。

「それで、充分です。そんな奎ちゃんだから、俺は大好きなんです」

「……そっか」

照れくさいやら、気恥ずかしいやら、嬉しいやらで、顔をうっすら赤くした。

「でも、おまえが俺の『電柱』を、そこまで気に入ってくれてたなんて、知らなかったな」

「気に入ったというか呆れたというか――。でも、たしかに電柱はまばたきしないけど……」

「なに？　なんかあんのかよ」

「だったらまぶたにもカラードーランを塗って、目を閉じてればよかったんじゃないですか」

登吾の提案に無言で顔を見合わせた。そして奎は手のひらに、拳をぽんと打ちつける。

「なるほど！」

子供だったので、そこまで頭が回らなかったが、その手があったか。

「奎ちゃん、やっぱり、ば――」

「いや、待てよ。やっぱり、だめだ、全然だめ！」

「どうしてですか。目を閉じて立ってるだけなんて、そんな楽な役、ないですよ」

奎はむっとした。

「舞台の上ではな、楽な役なんて、いっこもないんだよ。電柱だろうが木だろうが、セリフのない村人Aだって、どんな役だって必要で大変なんだ。芝居って、そういうものなんだよ」

登吾は瞠目《どうもく》すると、しばらく奎を見つめて、降参するように顔を伏せた。

「そうですね、すみません……」

「それに、舞台の上で目を閉じて芝居なんてできないよ。それじゃお客さんの顔が見えないだろ。そんなの、意味ない。俺は、観客の笑顔が見たくて、舞台に立ってるんだから」

登吾にじっと見つめられて、奎は子供のころと変わらない、いたずらっぽい笑顔を見せた。

「おまえがさ、楽しんでる姿が見たいじゃん」

登吾は泣き笑いのような表情で、顔をくしゃりと歪《ゆが》める。

「……奎ちゃん。そんな奎ちゃんだから——俺はやっぱり大好きなんです」

愛おしそうにそう言って、登吾は奎の唇を軽くついばんだ。

＊＊＊

数日後。

『闇鍋《やみなべ》サンダース』春公演の無事終了を祝して、『マサ坊《ぼう》』で打ち上げが開かれた。

「では、みなさん、お疲れさまでした。そして、有坂《ありさか》くんの今後の活躍と、成功を祈って！」

乾杯——と、溝口《みぞぐち》が音頭をとると、団員たち全員から威勢のいい声が返ってくる。

あちこちでジョッキがぶつかる音がして、笑い声や注文を入れる声がやかましく響く。

「マサさん、いつも悪いね」

溝口が恐縮して礼を言うと、「いいってことよ」と、マサも飲みながら調理を続けていた。打ち上げははめを外す輩《やから》が増えるので、マサが気を遣って貸し切りにしてくれるのだ。

「それにしても、有坂くん、本当におめでとう」

いつものカウンター席に横並びになり、溝口が笑顔であらためてグラスを突き出した。その奥側に座っていた関《せき》も顔をのぞかせて、「でかしたな」とお猪口《ちょこ》を軽く上げる。

「ありがとうございます」

奎は照れ笑いを浮かべて、ビールジョッキを合わせながら礼を言った。

先日、大河内《おおこうち》から奎に連絡があり、『@《アット》』の客演の件を仕切りなおして、新たに正式にお願いできないかと、丁重な依頼を受けたのだ。もちろん、無条件だ。

大河内は『Ｔｈｅこたつ☆侍』の最終公演を観て、奎の芝居にひどく刺激を受けたようで、ぜひとも『@』の舞台に立ってほしい、という思いがさらに強まったようだ。

――きみの柔軟な表現力と自由な発想で、うちの劇団を守り立ててくれないか。

再度、真に迫った口調で言われて、奎は考える間もなく、「やらせてください」と答えた。

「演出も脚本もユニークで、『闇サン』らしい、というのは最高のほめ言葉ですよね」

大河内の感想に奎は気分をよくしていたけれど、溝口はやや浮かない顔をしている。

「いずれ『闇サン』も小劇場を卒業して、もっと大きな箱に移るときがくるだろうから。そのときは大劇場でも見劣りしないように、僕がもっと勉強しないとね」

もちろん、有坂くんは『@』で有名になって、がんばってもらわないと――、と笑った。

溝口の上を目指す姿勢とふところの深さに、奎は胸の奥が熱くなった。

登吾が無言でふたりのあいだに肉豆腐を置いた。大盛りだ。

「あれ、これ注文したかな」

溝口は首をかしげるが、奎は「おっ、黙ってても肉豆腐出てきた～」と、目を輝かせる。

「――奎ちゃんが好きだから、サービスです。よかったら、溝口さんもどうぞ」

「あっ、ありがとう……」

溝口は呆気に取られつつも、登吾の横顔に視線を投げて、おかしそうに目を細めた。

「俺は――個人的には反対ですから」

急に会話に割って入ってきた登吾に、溝口は「なんのこと？」と、怪訝《けげん》な顔で奎に聞いた。

明らかに不機嫌そうな登吾に、奎もやれやれという思いで、ため息をもらす。

「こいつ――、俺が『@』の客演で舞台に立つの、いやがってるんですよ」

「……へえ、そうなんだ。それはまた、なにか理由があって？」

「演出家に問題があるからです」

正面に立った登吾は作業をしながら、きっぱりと言い放った。

「あのなぁ……もう何度も言ってるだろ。おまえが心配しなくても、大丈夫なんだって」

明るい笑顔を向けても、手を止めて顔を上げた登吾は、むっとしていた。

「奎ちゃんの大丈夫は、俺と違って全然大丈夫じゃないですよ。そもそも無防備すぎるんです。そんな隙《すき》だらけで、またつけ込まれたらどうするんですか」

「ばか言うなよ、おまえの大丈夫だって、全然大丈夫じゃなかっただろ！」

体を重ねたあの夜。登吾は一回ではとうていおさまらないと、ふたたび体を求めてきて、拒もうとする奎に『大丈夫』という魔法の呪文をかけながら、思うがままにゆさぶったのだ。

翌朝、奎はほとんど眠れないまま、バイトに出かけるはめになり、さんざんだった。あとで登吾はひどく反省していたが、いやでも若さと体力の差を思い知る夜となった。

「もう、おまえの『大丈夫』は絶対信用しないからな」

「けど、奎ちゃんだって、途中からは──」

「うっせえ、いいから仕事しろ！」

なにを言い出すやらわからないので、無理やり厨房《ちゅうぼう》の奥に追いやった。

「登吾くん、なんだか雰囲気が変わったね」

「そうですか？　どこらへんが？　相変わらず生意気なやつですよ」

文句を言いつつも肉豆腐に箸《はし》を伸ばして、豆腐を口にいれる。その瞬間、目尻が下がった。

「さて、どこらへんだろう。ちょっと迫力がついて、大人の男っぽくなった感じかな」

奎は箸を口にくわえたまま、目をぱちぱちさせた。

「すごみが増したというか、背中もなんだかたくましく見えるし、彼女でもできたのかな」

奎はどきっとして、「いや、彼女はいないと思いますよ！」と、慌てて否定した。

「ふたりともー、飲んでますかーっ！」

拳を突き上げながら、滝本《たきもと》が大声で背後から近づいてきて、奎は耳を塞《ふさ》いだ。

すでにテンションが高いのは、なにも滝本だけではない。団員やスタッフを含めた全員が、公演が大盛況で幕を下ろしたことに浮かれて、かなり盛り上がっていた。

菜津美《なつみ》も珍しく積極的に飲みながら、お酌をしたり、ほかの女子団員と笑顔で話している。

「……タッキー、ご機嫌だねえ。もう酔いが回ってる？」

奎が苦笑いしながら首をひねると、滝本はいつものごとく、肩に覆い被さってきた。

「俺、有坂さんとサシで飲みたいです～。『ゆきお』と『こたつ侍』の仲じゃないですかー」

甘えた口調で背中に体重をかけられ、奎はカウンターに前のめりになる。

「タッキー、重いって、ほらもう～、は――」

離れろ、と身をねじって後ろを振り返ろうとした矢先、奎は目をむいて言葉を失った。

滝本の背後で登吾が無言の重圧をかけながら、ただならぬ雰囲気で仁王立ちになっている。

「と、登吾……」

目をすがめたその顔は、まるで鬼夜叉のような不気味な怖さがあった。

登吾は滝本の両肩をつかむと、そのまま乱暴に引きはがした。滝本は床に倒れるまではいかなかったものの、足下をふらつかせて今度は溝口の肩にしがみついた。

「わあ、登吾さん、なんすか、そんな怖い顔して。いや、でもやっぱイケメンっすよね～」

まったく空気が読めていない滝本は、まだ顔をへらへらさせている。

登吾は滝本からガードするように、奎の真後ろに立つと、鋭いまなざしで言った。

「──この人、もう俺のもんなんで、さわらないでもらえますか」

近くにいた溝口と関が、きょとんとした顔で無言になる。

「えっ、ちょっ……待った！　とーご、おまえ、冗談を真顔で言うなんて、笑えないだろ～」

奎は慌てて立ち上がり、なんとかその場をごまかそうと、明るく茶化した。

登吾は見るからに、滝本に嫉妬している。それでも滝本は体をくねらせながら──、

「えーっ、そんなのずるいっすよ～。俺の愚痴、聞いてくれるの有坂さんぐらいなのに、タキちゃん、有坂さんがいなかったら……ううっ」

急に泣きまねをはじめた。どうやらまた、彼女とうまくいってないようだ。

登吾は面倒くさそうな態度で、滝本の頭を支えて起こすと、自身の額をくっつけるようにして睨みをきかせた。登吾の異様な形相にびびった滝本は、ようやくおとなしくなる。

「すみません、すみません！　ううっ、ごめんなさい……」

本当に涙ぐんでしまった滝本を、関が「しょうがないやつだな」と肩を組んで連れていく。

「おまえ……登吾くんを怒らせたら怖いぞ。あのふたり、なんかわけありみたいだしな」

「わ――わけありって、なんすっか？」

「俺が知るか。同郷のよしみで、なんかあるんだろ」

はっきり気づかれてはいないようだが、関はふたりの仲を怪しんでいる様子だった。溝口は口元に楽しげな笑みを浮かべつつ、見て見ぬふりでビールを飲んでいる。

いたたまれない。こうなったのも全部、登吾のせいだ。

「とーご、おまえ～。いいから、あっちで仕事してろ！　おかしなこと言うな」

「でも奎ちゃん、俺は――」

「ば、ばか！　だからみんなの前で、奎ちゃん言うなっての！」

ふたりは顔を突き合わせて子供のように言い争っていたが、酔いが回ってきた団員たちは、自分たちの話に夢中になっていて、ほかのことなど気にかけていなかった。

店内のあちこちでやかましい笑い声が響き、奥のテーブルでは手を叩いて歌い出したり、服を脱ぎ出す輩《やから》までいる。いつものごとく、手がつけられない騒ぎになっている。

「有坂さん、たぶん、みんな知ってますよ」

近くのテーブル席にいた菜津美が、声を大きくして笑いかける。

「えっ！　な、ななに、なにを……？」

「登吾さん、前から有坂さんの話をするとき、ときどき『奎ちゃん』って言ってましたから」

「――あ、そっち……」

「私はほほ笑ましく思ってました。でも、ただの、幼なじみじゃなかったんですね！」

かわいい顔で、ずばっと核心を突かれて、奎はどうしていいかわからず立ち尽くした。

――やばい。さすがに女性は勘が鋭いからか、なにか察しているようだ。

「い、いや、それは……」

「奎ちゃん、もうここで、はっきり言ってください。俺と奎ちゃんは――」

登吾が横から口を挟んできて、奎はぐるんと首をひねった。

「っざけんな！　ばかなのかよ！　寝言を言うひまがあったらガンガン働けっての！」

「寝言じゃないです！」

睨めっこのように長く見つめ合っていたものの、どちらともなく頭を寄せて同時に笑った。

「――登吾、おまえ、もう裏方じゃないんだからな。俺の舞台でもきっちり働けよ」

「わかってます。奎ちゃんを輝かせるためなら、俺はなんだってやります」

奎はその誓いだけで、満ち足りた気分だった。

――これからさきなにがあっても、登吾が一緒ならば舞台の幕が下りることはない。

幼なじみの恋は、まだはじまったばかりだ。

あとがき

はじめまして、こんにちは、音理雄《おとざとゆう》と申します。このたびは拙作をお手に取っていただき、誠にありがとうございました。キャラ文庫さんでは五冊目、自著としては二十冊目となります。とにかく、終わってよかった！　というのが正直な気持ちです。ここまでが本当に長かったので、すごく嬉《うれ》しい……（涙）。個人的には年に一度のお祭りさわぎです。

さて、私の中では珍しくＢＬ風味が強いかと思うのですが、いかがだったでしょうか。執着攻めってあまり得意ではないものの、年下の登吾が少し変態方向に傾きかけてから、書くのが楽しくなってやりすぎてしまい、修正したプチエピソードもあります。ラブシーンも自分なりにがんばってみました。というのも――、イラストの登吾《とうご》の色気と奎《けい》のカッコかわいさにやられまして、エッチシーンが一割増になりました。当社比です。

あとなんなんでしょうね、『こたつ侍』って……。擬人化とは違うのですが、実はこのこたつ侍を主人公にして、本気でＢＬ小説を書こうかと思っていた時期がありました……。

また、侍語と方言でも大変苦労しまして、これも時間がかかりました。奎と登吾の故郷は、わかる人にはすぐわかるかと思いますが、個人的に遊びにいったこともある大好きな県です。なのに……方言のなんちゃって感は、読み流していただけると嬉しい！

それと、今回過去最高に長くなりまして（無駄が多いのはいつものことですが）、六十ページほど削りました。その中に、『五郎丸《ごろうまる》』『ポークビッツ』『小島《こじま》よしお』という、私も担当さんも打ち合わせ中に大笑いしたワードがあります。いや、ほんと消してよかったです。

そして担当さま、この度も大変お世話になりました。予定よりずるずると遅れてしまい、申し訳ありませんでした。このままもう終わらないのでは……と何度も心が折れかけましたが、最後まで長く支えていただき、ありがとうございました。感謝いたします。

また、挿絵でお世話になりました、榊空也《さかきくうや》先生にも心よりお礼を申し上げます。奎も登吾も本当に素敵で、言葉に表せないぐらいです。どの挿絵も素晴らしくてお気に入りなのですが、とくに表紙カラーは机の前に貼《は》らせていただき、荒《すさ》んだ日々のオアシスとなりました。

最後になりましたが、ここまでお読みくださった読者の皆様もありがとうございました！ ほんの少しでも、心の片隅に残るシーンなどがありましたら、幸いです。

今年でデビューして十七年目ですが、まさかこうして二十冊も本が世に出ることになるとは、自分でも思っていませんでした。ちょうどキリのいい冊数なので、ブログや同人誌などで今作の記念番外ショートも考えております。興味がある方はぜひチェックしてください☆

では、今後またどこかでお目にかかれましたら、嬉しいです。

二〇一六年　七月　　音理雄

この本を読んでのご意見、ご感想を編集部までお寄せください。

《あて先》〒105-8055 東京都港区芝大門2-2-1 徳間書店 キャラ編集部気付

「俺がいないとダメでしょう?」係

2016年8月31日　初刷

著者　音理 雄
発行者　川田 修
発行所　株式会社徳間書店
〒105-8055　東京都港区芝大門2-2-1
電話　048-451-5960（販売部）
　　　03-5403-4348（編集部）
振替　00140-0-44392

■初出一覧
俺がいないとダメでしょう？……書き下ろし

Chara

俺がいないとダメでしょう？……【キャラ文庫】

印刷・製本　図書印刷株式会社
カバー・口絵　近代美術株式会社
デザイン　百足屋ユウコ＋中野弥生（ムシカゴグラフィクス）

ISBN978-4-19-900849-8

音理 雄の本

好評発売中

［最強防衛男子！］

イラスト✦むとべりょう

日本で唯一、自衛官を養成する全寮制男子高——２年生の矢真斗《やまと》の密かな入学理由は、学費免除と給料!!　その国防意識の低さに、成績トップの大河《たいが》が噛みついた！「お前みたいな半端な奴は許せない!!」馴れ合いを嫌い、孤高に鍛錬する大河に敵視されてしまう。反発する二人は、射撃や匍匐《ほふく》前進の戦闘訓練で激しく競うが!? 銃声響く学校で、迷彩服の防衛男子が汗と涙でぶつかる青春と恋!!

音理 雄の本

好評発売中

［親友に向かない男］

イラスト✦新藤まゆり

「おまえが俺を好きだっていうなら、試しにつき合うか？」イベント会社で働く航《こう》平《へい》が偶然仕事で組んだのは、カメラマンの一小路《いちこうじ》。実は、高校時代の親友で、航平の片想いの相手だった!! 十年ぶりの再会に動揺した航平は、失言から恋心を知られてしまう。軽蔑されると思いきや、一小路はつき合うことを軽く即答!! けれどお試しだと言ったくせに、キスや愛撫は、なぜか強引なくらい情熱的で!?

音理 雄の本

好評発売中

[犬、ときどき人間]

イラスト✦高久尚子

拾った犬が、モデルと見紛う美青年に化けちゃった!? ある日迷い犬を部屋に保護した、コンビニ店員の光輝《こうき》。ところが翌朝、犬は人間に姿を変えていた!! 浅黒い肌に長身、柔らかな獣耳と尻尾——驚く光輝に、男・カイザーは「おまえが俺を思い出したら、本当の人間になれる」と謎めいた言葉を告げる。渋々同居を始めるけれど、顔を舐めたり押し倒したり、カイザーは大胆に触れてきて…!?

音理 雄の本

好評発売中

「先生、お味はいかが？」

イラスト✦三池ろむこ

「教師なら、好き嫌いせずに食え」ひどい偏食家で会食恐怖症の数学教師・礼慈《れいじ》。そんな礼慈の秘密を初対面で見抜いたのが、学食の料理長・瀬良《せら》だ。不遜な態度の瀬良に生徒の前で説教され、礼慈は猛反発!! 冷たく突き放しても、瀬良は飄々として気にも留めない。そのうえ、頼んでもいない弁当を作ったり、と世話を焼いてきて!? ワイルドなオレ様コックが作る料理は、温かくて優しい恋の味♥

投稿イラスト 大募集

キャラ文庫を読んでイメージが浮かんだシーンを、
イラストにしてお送り下さい。
キャラ文庫、『Chara』『Chara Selection』『小説Chara』などで
活躍してみませんか？

応募のきまり

応募資格

応募資格はいっさい問いません。マンガ家＆イラストレーターとしてデビューしている方でもOKです。

枚数／内容

❶イラストの対象となる小説は『キャラ文庫』及び『Chara、Chara Selection、小説Charaにこれまで掲載された小説』に限ります。

❷カラーイラスト1点、モノクロイラスト3点の合計4点をお送りください。カラーは作品全体のイメージを、モノクロは背景やキャラクターの動きのわかるシーンを選ぶこと(裏にそのシーンのページ数を明記)。

❸用紙サイズはA4以内。使用画材は自由。データ原稿の際は、プリントアウトしたものをお送りください。

注意

❶カラーイラストの裏に、次の内容を明記してください。
(小説タイトル、投稿日、ペンネーム、本名、住所、電話番号、職業・学校名、年齢、投稿・受賞歴、返却の要・不要)

❷原稿返却希望の方は、切手を貼った返却用封筒を同封してください。封筒のない原稿は編集部で処分します。返却は応募から1ヶ月前後。

❸締め切りは特別に定めません。採用の方にのみ、編集部から連絡させていただきます。また、有望な方には編集部から講評をお送りします。選考結果の電話でのお問い合わせはご遠慮ください。

❹ご記入いただいた個人情報は、当企画の目的以外での利用はいたしません。

あて先

〒105-8055 東京都港区芝大門2-2-1
徳間書店 Chara編集部 投稿イラスト係

投稿小説 大募集

『楽しい』『感動的な』『心に残る』『新しい』小説――
みなさんが本当に読みたいと思っているのは、
どんな物語ですか？
みずみずしい感覚の小説をお待ちしています！

応募のきまり

応募資格

商業誌に未発表のオリジナル作品であれば、制限はありません。他社でデビューしている方でもOKです。

枚数／書式

20字×20行で50～300枚程度。手書きは不可です。原稿は全て縦書きにしてください。また、800字前後の粗筋紹介をつけてください。

注意

❶原稿はクリップなどで右上を綴じ、各ページに通し番号を入れてください。また、次の事柄を1枚目に明記して下さい。
（作品タイトル、総枚数、投稿日、ペンネーム、本名、住所、電話番号、職業・学校名、年齢、投稿・受賞歴）

❷原稿は返却しませんので、必要な方はコピーをとってください。

❸締め切りは特別に定めません。採用の方にのみ、原稿到着から3ヶ月以内に編集部から連絡させていただきます。また、有望な方には編集部からの講評をお送りします。

❹選考についての電話でのお問い合わせは受け付けできませんので、ご遠慮ください。

❺ご記入いただいた個人情報は、当企画の目的以外での利用はいたしません。

あて先

〒105-8055　東京都港区芝大門2-2-1
徳間書店　Chara編集部　投稿小説係